小嫣之娘親來搶親

楚風

大榮國國師。
親娘出自北蒼國慕容世家。
天生有異能，
通古今知未來；能見人不能見之物，
有能聽見人心聲的小秘密。

楚瀅瀅

本書主角小嫣，
外表美艷如狐狸精，
卻有一顆小白癡的心腸，
對於男女之事尤其遲鈍，
「高齡」二十二。

即使只是一點點的擔心；
但，既然是我們楚家的人，
我們就要救回來。

跟著娘親我一起前進吧！

第一章

大陸上都傳說北蒼國人民凶猛，如狼似虎，性喜掠奪。

我們一行人在樹林口觀望了好一會，但我瞧在這小關口進進出出的人民長得頗正常，既不像狼也不像虎，果然那些酸腐文人淨是道聽塗說。

「大哥，現在要怎麼進去？我們人這麼多，很難不引人注目。」楚殷走到楚明身邊低聲問著。

楚明一隻手臂擱在樹幹上，頭靠在手上，聽了楚殷的話又像沒有聽到，只是雙眼直視前方，若有所思。

「小翊，娘想要下去。」我敲敲楚翊的肩頭，趴得久了雙腿有些氣血不順麻麻的，想下地來走走。

楚翊把我放下，又湊過來替我揉揉手腳。我覺得這孩子實在太貼心了，讚了他兩句，抬頭便見到楚軍把臉拉得老長，不知道誰得罪他。

北蒼國雖有許多關口，但因為國防森嚴，東南西北只各開放一個大關口准許他國人士出入，還必須取得通關特許文件，入境時盤問一下你的祖宗十八代才放行。就是這麼麻煩，所以他國人士很少想來觀光或是通商，北蒼國的情況也就一直像個謎。

大榮國位於北蒼國的南方，我們一行人走的是南方的關口，為此楚明還弄來幾張南華國的身分證明，畢竟兩國不交好，我們身分又敏感，不好張揚。等到關口盤查無誤，以身分證明交換通關特許文件，有限定停留期限，離開時再取回自己的身分證明。

除了東南西北四個給一般人通關的關口以外，其實北蒼國還有許多小關口，這些關口只允許北蒼國的人民通行，其他人一律不允許。

小關口戒備也相當森嚴，門口五、六個士兵盤查，那門小得一次僅容一個人通過，除非我們集體變成耗子，才能在牆上打個洞鑽過去，要是這樣繼續耽擱下去，肯定沒法追上楚風。

「看來，對方是北蒼國人，否則不可能輕易通過這個關卡。而且看這裡的動靜，五弟並沒有被發現，顯然是被人藏在轎中帶了進去。」楚軍雙手環胸，緊盯著關口思索。好一會兒又開口。

「如果夜晚潛入呢？」

「不成。」楚明立刻否決了他的話，伸手指指城牆上頭。

「那裡有設鷹孔，一定有隱藏的箭臺。晚上這裡也會有人看守著。如果我們試圖夜晚偷偷闖入反而正中下懷。」

「不如我們找幾個北蒼國的人民，打斷他們的手腳，然後搶奪他們的通行證？」楚翊甜甜一笑，這種強盜所為他說得一臉理所當然，我聽得瞠目結舌，覺得這孩子最近有些行為偏差。

「這倒是一個不錯的建議。」楚明竟然點了點頭，表示贊同。

我呼的一聲跳起來，咚咚咚跑到楚明面前教訓他。

「小的時候娘叫你們背的禮教跑去哪了？怎麼可以隨便打斷他人的手腳。你身為一國丞相，也不希望這種事情發生在大榮國的人民身上吧！」

楚明眼珠子轉一轉，在我臉上逡巡半晌。

「是不希望，但我是大榮國的丞相，北蒼國的人民不關我的事情。」

怎麼今天才發現這孩子護短得緊？

抗議無效，最後決定投票表決。五比一，琦妙提議毒死，莫名保持中立，我兵敗如山倒。

我指責楚瑜不支持我，他拍了拍我的頭，低聲說了一句。

「成大事者不拘小節。」

但在我的強力抗議下，改為打暈對方就好，畢竟老太太我慈悲心腸，實在見不得讓他國人民變成重大傷殘。

楚翊跟楚軍趁著黃昏時偷偷出擊，打昏了幾個北蒼國的人民，搶來通行證。

我拿的是唯一一張女子通行證。樹林裡暗得很快，老太太我老眼昏花，根本看不見上頭的蠅頭小字。跟著人們通過，糊里糊塗的我就將通行證遞給看守士兵。

那看守士兵看我一眼，唸出通行證上的名字。

「胡璃菁。」

「有。」狐狸精？我聽得一陣心驚肉跳，以為身分被看破了。

「過去吧！」可能天色已晚，那士兵想早點回家吃飯，也沒仔細核對就放我通關。

我後頭排著的是小殷。我抬腳要往前走的時候，聽見看守唸了他通行證上面的名字，差點沒拐到腳撲倒在雪地裡。

「牛樟丸。」

不知道他的父母怎麼能把名字取得這般天下無雙的俗氣。我見楚殷臉色不佳，嘴角抽搐了一下。這孩子向來品味極高，現在竟然要他把這俗氣到了極點的名字吞下去，大抵跟叫他上刀山差不多。

幸好楚殷最後忍住沒有爆發，應了一聲，那聲音很像從齒縫中擠出來的。可能是他殺人的目光太明顯，把士兵嚇得不輕，糊里糊塗就放他過關了。

後續過了關的兄弟幾個都板著一張臉，除了小翊。他的嘴角顫抖著，似乎是在忍住笑意。楚瑜則是款款的走出關來。

剛進到城內暮已西沉，華燈初上。

雖然北蒼國對外的名聲惡名昭彰，但這個邊界的村莊反而寧靜得很，天色一黑，人們就趕忙回家，門窗裡透出溫暖的燭光別有一番風景。

前面那一間屋子內突然有人發出巨大聲響，剛剛笑意盈盈迎入丈夫的妻子，怒氣沖沖的大聲喝斥著不准丈夫納妾，而那丈夫似乎被揍得狠了，哭哭啼啼求饒。末了窗子一掀，那丈夫宛如屍體一樣被掛在窗臺上面。

我正看得津津有味，楚瑜按著我的頭將我臉轉前方。

「風越來越冷，我們還是先找個客棧作為落腳處，明日再尋比較好。」一家之主下令。沒人反對。

我看了看身旁的楚瑜，他似乎一點也不介意兒子代替老子發話的行為，仍然笑得很和藹，顯然很喜歡這個太上皇的身分。

這村莊不大，就那麼一間客棧。客棧匾額上的字讓人覺得有些眼熟。老太太我歪頭思索了一會，卻想不大起來。

還沒跨入客棧，就聽見裡面乒乒乓乓吵得好熱鬧。

進了客棧大門，店小二還沒來得及上前招呼，就見客棧大廳桌子椅子倒了一地，廳內眾人打成了一團，像是在舉辦武鬥大會。

突然，一把飛刀直往我這邊飛來。楚軍眼明手快，下一瞬間已經閃身在我面前把刀接了下來，手指一捏，刀片盡碎。

「大哥，這是怎麼回事？」

楚明顯然也不清楚這是怎麼一回事，臉上難得浮現疑惑。平時這孩子都優秀得不似常人，看見他也有不知道的事情讓為娘有些放心。

人哪！有時候要有一兩個缺點才可愛。

「北蒼國崇尚武俠之風。」反而是一路上靜默的楚瑜回答了。

「因為近年來北蒼國糧食欠收，不少無法生活的人成為綠林野盜；而有些人看不過去他們的作為，於是自命俠士，說是路見不平，拔刀相助。」

楚瑜才解說完畢，就見到場中一個拿關刀的人狂笑一聲，大吼起來。

「你這魔頭，燒殺擄掠無數，今日栽在我關中狂風一把刀的手上，也算是你一生之幸！」

他對面的青年冷笑一聲，身邊盡是倒下的俠士，手上一把輕薄的柳葉刀刃，配著他一身竹林綠的袍子，揮舞起來很像竹林中紛紛落葉的場景。

「虧你們還自詡為正道中人，卻沒有本事跟我單對單，只敢眾人圍攻。我柳眉夜從來不覺得自己對不起誰，弱肉強食，本來就是這世道的真理。」

我看得津津有味，任憑楚翊怎麼拉也不走。

「你這魔頭，還敢強辯，今天就讓你命喪在我關中狂風一把刀的手上！」那個拿關刀的大漢氣呼呼的說完，提著刀衝上前。

不是老太太我要說，人沒力氣就不要選那麼沉的一把刀，除了好看以外沒別的用處，不過十個來步子就氣喘吁吁，奮力一揮，卻連對方的衣角都沒沾到。

那青年卻只是閃躲而不反擊，讓那關刀男更是殺紅了眼，一把刀舞得虎虎生風，我連忙喝采拍手。關刀男一聽到我的喝采舞得更加起勁，自己一個人在場中舞了將近一盞茶的時間，邊舞還邊說。

「看，我這招家傳刀法，已經到了潑水不入的境界，根本沒有人可以破解！柳眉夜，你怕了嗎？」

嘖嘖！潑水不入耶！那搞不好比我家楚軍還厲害一點。

為了表示對他這一番表演的敬意，我從包袱裡揀出那顆最大的夜明珠扔過去打賞。夜明珠在空中轉了一圈，光芒四射，大廳所有人都看呆了，連那個正在舞刀的人也看呆了。

平時老太太我往戲臺子上扔金豆子十有八九都能扔中主角，更何況是體積相較於金豆子還大的夜明珠？只聽見咚的一聲，拳頭大的夜明珠砸到了關刀男的頭頂，他雙眼翻白，關刀脫手，暈倒在地。

「咦？這樣就暈了，不再起來耍兩招嗎？」

全場靜默得可以，只有我的聲音。我抬頭一看，發現場中的打鬥不知何時停止，所有人都瞪大了眼看我。

「那……那女的，拿暗器偷襲關中狂風一把刀，肯定是跟魔頭一夥的！」

「最毒婦人心啊！」

「果然魔頭行事就是卑鄙，大夥們，不要跟他們講什麼仁義道德，一起上！」

只見眾人轉了一個方向，舉刀哇啦哇啦朝我們這裡殺來。

「娘真是會惹是生非。」楚殷低聲一嘆，按住我的肩膀將我護到身後。

楚軍跟楚翊齊身飛出；楚翊一個滾地橫掃，經過之處無不哀嚎遍野，眾人抱腿慘叫；楚軍拔高而起，清水南華劍一拔出，烏光粼粼，對頭的那個青年臉上立刻浮出詫異。

他橫劍一掃，駭人的劍氣把所有人掃飛出去，一招畢，收劍入鞘。

這時候就能看出楚軍跟楚翊的差別了，一個是一招搞定全部的人，一個是對每人都要使一招，也難怪楚軍始終穩坐我楚家武功最好的寶座。

顯然對於這種場景見怪不怪，店小二端著菜出來，看了看場中似乎打得差不多了，一邊上菜一邊揚聲往外頭吼。

「快來人去叫大夫，鄰村的古大夫收費太貴了，叫專門治貓狗的林大夫過來就好。反正都是大夫，差不多。」

對頭的青年走過來道謝。

「多謝各位拔刀相助。」

「並不是要幫你，只是收拾有人闖的禍。」楚軍說到「有人」這兩個字時，瞄了我一眼，我立刻把頭別開裝作沒看見。老太太我常常往戲臺上扔金豆子，都不曾打暈人，怎麼知道這次會如此準確……

那青年走近仔細一看，這才發現他的眼瞳竟然隱隱是暗紅色的，我聽見琦妙吞了一口口水，湊到莫名身邊嘀咕。

「師兄，我們把他殺了，二一添作五，一人一顆眼珠，這一定是上好的研究材料。」

「別傻了，師妹，要死妳自己死，別拖我下水。」

我還不知道莫名這是什麼意思，下一瞬間我就明白了。

那青年視線落在楚軍的劍鞘上，抿了抿脣。

「清水南華劍？為什麼會在你手上？」

這下輪到我們感到訝異了。

清水南華劍雖然名滿天下，但因為鑄造它的南華老人是個不折不扣的怪人，喜歡躲在深山岩洞中，求劍者必須徒步上山，爬得累死不說，還必須讓他看得順眼才會贈予，所以雖然天下人人都知有把清水南華劍，卻並不多人知道就是我家楚軍手上那把。

可是這青年卻能一見認出，顯然不是普通人。

我又看了這青年半晌，記憶拉回三年前，在岩洞的門口，有個守門青衣小兒，似乎長得有幾分相像……

「難道你是……」我吃了一驚，忙搶上前，楚殷立刻跟在我身邊，片刻不放鬆。

青年看向我，皺起眉頭，臉上滿是疑惑，顯然不認識我。我連忙把面紗拉下讓他認個清楚。他立刻吃驚得瞠目結舌。

「啊！楚夫人！」

＊　＊　＊

那年楚軍十八歲。這孩子始終跟我不親，我想破了頭也想不出給他送什麼成年禮才好。郝伯看我煩惱好幾天，飯也吃不太下，慢悠悠的提點了我兩句。

大榮國南方就是南華國。與北蒼國人相比，南華國人相對溫和，兩個大國隔著大榮國遙遙對立。

南華國中有高人，姓名不詳，只知鑄劍手藝聞名天下，世稱南華老人。但凡天下劍客，無不以能得到他的鑄劍為最高榮耀。

但真正得到他所鑄之劍的人少之又少，南華國的現任王后手上擁有一把，是南華老人親自送上的。除此之外再也沒聽說過還有誰擁有。

這南華國王后倒是也是個奇談。

她是南華國前任國君死前兩三年才冊立的新王后，據說當時才十八歲，而南華國國君那時年齡中也有八有十，不過卻是八十歲。這樁婚事剛成時，大榮國國內的文人聯合起來寫了一首諷刺的詩，大意是說，白髮對紅妝，一樹梨花壓海棠。

八十歲國君娶了新后沒兩三年就魂歸天兮，留下了年輕的王后，成了太后。

新國君親政後與年輕太后鬥氣鬥得厲害，總認為這年輕的繼母對自己有所陰謀；不想聽話、政事也無法一把抓，新國君乾脆就整日縱情聲色不顧政事，不願與年輕太后共理朝政。

但這年輕太后了不起，身為年輕女子一肩扛起國事，此外，每天還要抽出時間喝斥她那個不成材的國君兒子。

從這裡就能看出南華國的人民多麼理性，沒有人責罵太后牝雞司晨，反而聯合起來痛罵國君玩物喪志。

後來國君突然振作起來，中間過程不清楚。眾人都以為他大權在握的第一個命令就是廢除太后。不出所料，的確廢后了，可是廢了又再立，不過不是重立太后，而是立為王后。

那年輕太后氣得跳水明志，但跳了三回終究沒死成，第三次跳水後的診治竟診出了個孩子，南華國國君第一時間就承認孩子是他的，是他強了太后。這「強」是怎麼回事我聽不懂，問了郝伯幾回他也沒回答我。

總之那太后就委委屈屈的當了王后，是為南華國著名的太后下嫁事件。

老太太我每次聽到這段都不解，怎麼跳水都會跳出孩子來，我們大榮國的王后這樣，南華國的太后也這樣，難道跳水是懷孕的關鍵？那我進出王宮時可得小心，要是不小心掉進王宮內的水池，可能就會不小心懷上國君的孩子。

當時為了幫楚軍求劍，我一步一步登上南華山。聽說南華老人座下有一徒弟，武功蓋世，但凡求劍者必須先過他那關，為此老太太我還紮了三個月的馬步，練了一套拳法，可郝伯說我打得貓裡貓氣，大概打不死半隻蚊子。

對郝伯的評論我充耳不聞。聽說男人過了四十只剩一張嘴，郝伯年輕時雖然頗負聲名，但那總歸是年輕的事，現在年有八十的他，我看只剩半張嘴，肯定不準。於是包袱款款自個兒前往南華國。

走完那九千六百五十四的陡峭階梯，沒看見武功蓋世的弟子，倒是看見一個拿著鬃刷刷洗門前石地的小男孩。我左右張望了一下，但聞雞犬聲，不聞刀劍鳴，料想自己走錯路。

「沒想到走了這麼高的一段階梯，結果竟是普通人家。」我嘆口氣，連續走了五天腿都發軟了。

當我拿出包袱中最後一塊雲片糕正要吃下，那孩子也剛好刷完地直起身來，看到我有些詫異。我看到他抬起的臉也有點詫異，那雙眼瞳中竟然隱隱帶紅。

「妳是誰？」顯然他刷得很專心，沒有發現我就坐在旁邊。

「我走錯路了。」我朝他尷尬笑笑，掰開雲片糕，發現那孩子正一瞬不瞬的盯著我手上的雲片糕。我尷尬的看向遠方，火速把半塊糕餅塞進嘴裡，正打算要把另外半塊也塞進嘴裡，他卻驀地湊近，望著我的微紅眼瞳內大大寫著渴望。

這下尷尬的老太太我不知如何是好，只好擠出一個微笑，心如刀割的把半塊雲片糕遞出去。

「你想吃嗎……」

通常這時候都要推卻才是好孩子，表示有禮貌；但他卻以迅雷不及掩耳的速度拿走我手上的半塊糕餅吃下。

身為一個成熟的大人，我自然不能跟個小孩子計較。

看他吃得饞，想想也就算了，大不了回府之後再叫廚子做。

「你跟誰一起住在這裡？」

那孩子吃了雲片糕，顯然心情轉好，看向我的時候眼中紅光閃爍。

「師父。」

「哦？師父？你沒跟你爹娘住嗎？」

「我沒爹娘，只有師父。」

沒爹娘這句話驀地讓老太太我聽得一陣心酸。這可憐沒娘的孩子，早知道就不跟他計較，整塊雲片糕都給他吃了。

「原來如此，那你叫什麼名字？」

他收拾好東西，提著水桶站起身來。

我看他動作俐落，覺得將他收到府中當打雜工也不錯。

「我？武功蓋世。」

「你武功蓋世？」

他點了點頭，提著水桶仰起頭，一臉嚴肅有些像是楚明，那張稚氣的臉蛋卻比楚翊還要惹人憐愛。

「呵呵，你以後一定可以的，但我現在是問你的名字。」

「武功蓋世啊！」

「你就叫武功蓋世？」

「對。」

「誰取的？」

「師父。」

說到這裡，屋內傳出洪亮的吼叫，樹梢上的鳥兒似乎已經很習慣了，動也不動待在原地。

「徒弟！」

「來了！」那孩子慌忙的應了一聲，提著桶子跑進屋內，我則站在原地沉思，想起南華老人有個弟子，那名弟子武功蓋世……

於是這傳說中難以捉摸的高人就這麼輕易被我找到。

我登堂入室求劍，南華老人看見我，自然也出題難了難我，要我送上他畢生沒有見過的東西；但求劍者無數，天下珍稀物品他大多見過，要找出他沒見過的，談何容易？

我嘟著嘴回大榮國苦思半月沒有結果，郝伯那廝又慢悠悠的說了一句。

「天下男人，不管道貌岸然，或者下流胚子，大抵心思相同。」

果然是人活得久了，說話都有些哲理。這句話讓我醍醐灌頂，命人蒐羅大陸上珍奇的春宮畫冊，送上給南華老人，據說這種東西男人最愛看，但老太太我是看不出什麼特別來，不過就是人體素描……

南華老人把東西接了去，隔天鼻孔中塞著兩管布條出來見我，要我進鑄劍之地挑選自己想要的劍。

這一挑，就挑中了清水南華劍。聽說這把劍是以墜落在南華山上的天外之石鑄成，不管把劍放於何處，它都能與地平面平行。

當然下山後人人都把我當英雄，楚軍接過那把劍時臉上更是不可置信，單膝跪在我面前，喊了一聲謝謝娘。

那聲娘到死老太太我都不會忘記。

第二章

沒想到三年後又再次見到這孩子，長大了不少。

「來，武功蓋世，坐到我身邊來。小翊，你坐旁邊一點吧！」久別重逢，心情是特別不一樣，難怪有人說他鄉遇故知乃是生平三大樂事之一。但楚翊這孩子大聲抗議，憤怒得像是有人搶了他藥堂的生意。

「娘，我不要，這裡是我的位置。」

「武功蓋世年紀比你還小，你就不能禮讓一點嗎？」

「憑什麼大的就要讓小的，這太不公平，應該要公平競爭，要不出去單挑啊！」

我覺得楚翊這行為太小孩子氣，武功蓋世這孩子比他還要小三歲，他這樣計較不休成何體統。於是不管他的抗議，我逕自把武功蓋世拉到我身邊，此時只聽楚殷低低的喝采一聲，我覺得有些莫名其妙，抬眼望了望，發現全桌的人都在笑，連楚明也是，只有楚翊是癟著嘴的。

「夫人，我改名了，往後請叫我柳眉夜。」他才剛落坐，就表情嚴肅的向我說。

「為什麼，我覺得武功蓋世這名字頗有霸氣的，幹嘛改掉呢？」

武功蓋世……不是，現在叫做柳眉夜的少年皺起眉。

「打從進入這個國家後，這個名字替我製造了許多麻煩。」

他這麼一說我才又想起另一件事情。

「話說你這孩子好端端的，怎麼會變成他們口中的魔頭呢？」

柳眉夜嘆了一口氣，大概剛才打累了，一口氣喝乾自己杯中茶水。

「我也不知道，我只是遵照師父的指示前來北蒼國。師父聽說北蒼國某處有著一塊千年寒晶，長年不融，神奇非常，他老人家想要用這塊寒晶為新鑄的劍開鋒，於是就叫我來這裡尋找。」柳眉夜說到這裡，又長長的嘆了一口氣。

「我哪裡知道北蒼國的人心如此險惡，我只是報上名字，便一堆人要找我單挑。只要贏了一個人後，他爹他娘他的哥哥姐姐堂姐表弟統統都要來找我報仇。我氣不過，下手重了一點，就莫名其妙被人叫做魔頭了，接下來更有人打著主持正義的名號來找我對打。所以我乾脆把名字改了。來找我的人的確少了很多，但是先前的手下敗將還是持續不斷的前來。」

柳眉夜還沒有說完，琦妙就忍不住插嘴。

「自稱武功蓋世，不是活該被人打嗎。」

「師妹，不說話沒人當妳是啞巴好嗎？」

莫名的話觸怒琦妙，她怒氣騰騰的瞪了莫名一眼。

不知道是不是聽了琦妙的話感到赧然，柳眉夜的臉上浮起紅暈，垂下了頭。

「不過幸好南華老人把你教得不錯；被那麼多人追殺你還好端端的。」我拍了拍他的肩，往他碗內夾了兩片牛肉。

「吃吧！多吃點肉補補，這些日子你應該辛苦了。」自小在山內深居簡出，當然不知道外頭世道人心險惡。

「謝謝夫人。」柳眉夜應了聲，正夾起牛肉要吃，忽然臉朝下埋進碗中，發出砰的一聲，把我們整桌的人都嚇了一跳。

「怎麼了？」我連忙推了推他，他卻一動也不動。

「啊——莫名，他不動了！」

莫名看了一眼，沒作聲。

「莫名！你快看看他啊！」

莫名對我的話置若罔聞，喝光了自己那杯酒，才抬起頭。

「不過就是喝醉了，夫人緊張什麼？」

「喝醉了？」

我連忙把柳眉夜埋在牛肉中的臉扶起來，看起來倒是油光滿面頗有光澤，臉頰上果然有著暈紅，均勻的呼吸聲呼出陣陣酒氣。

「沒吃東西，又一口氣把女兒紅乾了，加上酒量淺薄，一喝就倒也不奇怪。」

楚明說著，招手叫來店小二吩咐了間上房。楚翊自告奮勇將人扛上樓。

楚明盯著楚翊看了看，最後叫了楚軍幫忙。

楚軍提著柳眉夜的領子上樓去。琦妙跟在了後頭，表示自願照顧柳眉夜。毒藥同源，大抵琦妙的醫術差不到哪裡去，我也不反對。

雖然酒菜單調，但至少有酒有肉。喝了幾杯燙熱的女兒紅之後，連酒量不錯的老太太我都有點微醺的感覺。正要回房，莫名卻走到我身邊低低的說了一句。

「我想夫人最好去看看那名少年。」

說完，人就足不沾地飄飄然的走了。果然是鬼醫莫名，連走路都鬼步潛行。

我想了想，是該去關心一下。柳眉夜大概是第一次出這麼遠的門，人生地不熟的，去替他蓋個被子也好。回房前我繞到柳眉夜的屋子。一推開房門就看見柳眉夜躺在床上，琦妙跪坐在他身上，手上拿著一支調羹在他的眼窩上面比劃。

她似乎聽到聲響，回過了頭。與我四目相交時，她愣了一下，然後又回頭看了看自己手上的調羹，脣邊立刻泛起微笑。

「夫人，怎麼會來？」

「我想來看看他睡得好不好；倒是琦妙妳拿支調羹做什麼？」

「哦？這個啊？沒什麼，沒什麼……」她一邊乾笑著，一邊從柳眉夜身上翻下來。

「沒事的話妳也早點回房休息吧！」我看在眼裡，了然在心裡，這小妮子大概是對柳眉夜有那麼一點意思了，老太太我活到這把年紀，難道還看不出這麼一點點小孩子心思嗎？

「好，切……可惜……」她嘟嘟囔囔著，腳步慢吞吞的離開，一邊走還一邊回頭，這看在老太太我眼裡，更是一目了然。

「好了好了，就算對人家有意思，但剛見面就在別人房內待這麼久，小心被人誤會妳是不懂矜持的女孩。今天就先回去睡吧！」我拍了拍琦妙，把她推出了門，滿臉堆滿諒解的微笑。

琦妙瞪大著眼被我推出門外，顯然是心事被戳破而驚訝。

「妳說什麼？」

這種年紀的孩子是又彆扭又害羞的，心事被我這樣說破，就連琦妙都反常的害羞起來。

「別怕羞，老太太我能理解。」

「哦！啊！師兄！你怎麼能跟這種笨蛋一起旅行！」琦妙怒氣沖沖，踹門踢腳的衝進隔壁莫名的房間，沒半晌就聽見摔桌子的聲音。

「現在的女孩跟我那年代真不一樣，表達害羞的方式好激烈。」我縮回頭，嘖嘖嘆了兩句，替柳眉夜把被子拉好，這才回房去睡覺。

＊＊＊

那天晚上到半夜時分我突然咳了起來，咳個不停，就算摀著被子還是被發現。楚軍離得近，五感又靈敏，沒一會兒就衝進門來。我正摀著被子咳得昏天暗地，覺得五臟六腑一陣翻攪。

「我去喊莫名。」

他一抽手就要離開，我連忙把他拉住，正想說話又是一陣岔氣，咳了起來。咳完臉上熱烘烘的，大概是血氣上湧，臉都紅了。

「別去……這麼晚了，不要吵醒大家。」

這一去喊莫名，楚翊肯定會發現，然後緊張兮兮的跟過來。楚翊一醒，免不了楚殷、楚明、楚瑜也要醒來。小小咳嗽，何必把眾人都吵醒。

楚軍聽了我的話，雖然滿臉不贊同，卻拿我沒轍，只得拍著我的背替我順氣。說到聽話，家中沒有一個孩子比楚軍聽話了。

「娘這是老毛病，咳一咳就會好，不用擔心。」

我咳完，楚軍替我端來一杯水。喝完水後卻感覺有些不滿足。

「娘，妳還想吃什麼嗎？」

「嗄？娘沒有想吃什麼啊！」

楚軍輕笑一聲。

「那娘怎麼拚命咂嘴呢？」

被他一語道破，老太太我只好坦白。

「想吃蘿蔔……」

「蘿蔔？」

「蘿蔔糖水……」

以前楚瑜知道我有夜咳的毛病，又討厭吃藥，得了一劑食補的方子，將白蘿蔔切成薄片放在甕內，用蜂蜜泡一晚，只喝滲出的汁，也就是蜂蜜蘿蔔糖水，治咳嗽。食補果然養身，喝過一陣子後，夜咳好久都沒復發。

我跟楚軍講了這一段過往，他低頭沉默了好久。

「娘，早點睡吧！」

隔天起來，桌上竟然放著兩碗蜂蜜蘿蔔糖水，我看著訝異非常。

吃早飯的時候，坐在楚軍隔壁的楚殷不住皺眉。

「二哥，你的劍上怎麼全是生蘿蔔的味道……」

楚軍橫他一眼沒說話。

這孩子大概是大半夜替我削蘿蔔找蜂蜜去了，不知道費了多少心思才為娘做了這兩碗糖水。楚軍做事一板一眼，但事事都認真；這種精神有時教人感動不已。

「啊……我頭好痛……」柳眉夜也很早起，抱著自己的頭在桌邊哀嚎。

莫名難得好心，竟然自願貢獻解酒丸給他。黑忽忽的藥丸被放在柳眉夜面前，莫名看了看他，又看了看琦妙。琦妙不知為何一早就不太開心的樣子，沉著一張臉吃早飯。

「算你走運，恭喜你把眼睛保住了。」

吃過早飯，我們就聚集在房內商討如何拯救小風。

柳眉夜無處可去，暫時又沒有千年寒晶的下落，說要報答我們昨天出手幫忙，他願意幫我們尋找楚風。

「昨天我已經跟客棧的店小二打聽過，最近是否看過一群白衣人經過。」楚明身為一家之主，自然擁有第一個發言權。

「那他怎麼說？」楚殷問著，沒梳起的頭髮綁成一束繞過脖子拉到胸前。我這兒子真是了不起，頹廢也能美成這樣。

「是有經過。」

「真的嗎？那我們快點追上去。」我一聽大喜過望，拍桌而起。

「對方似乎是連夜趕路。我們中途在關口耽擱，現在應該無從追起，除非知道對方的身分。」

「那店小二知道對方的身分嗎？」

「這就是最麻煩的地方。店小二告訴我，在北蒼國，不是人人都可以穿白色的衣裳，一般民眾只有在婚喪時才能穿上白衣，而且是僅限於新人或者死者。」

「他們在想什麼，為什麼新娘新郎穿的跟個死人一樣……」

楚明嘴角微微垮下來一點，似乎要笑，又忍住了。

「因為對北蒼國來說，白色是神聖的顏色，不是一般身分地位的人可以穿著。不過這樣我們可以一口氣縮小尋找的對象範圍；但同時出現了一個問題。」

楚明這問題沒有說出口，但大家一下子了然於心。

不是一般身分地位的人可以穿著，意思是說，綁走楚風的並不是一般人，很有可能是在北蒼國中有身分地位之人，更有可能是王室權貴。

「而且現在是敵暗我明的狀況，我們的情況他們清清楚楚，我們卻不知道對方究竟是誰。」

「是最差的情況。」楚軍立即接口，臉色也立刻沉下來。

「爹既然在北蒼國待過六年，那應該很清楚哪些地位的人可以身穿白衣吧？」

楚明轉向始終沉默的楚瑜，問話有些鋒利。

「除了王室以外，上階的貴族都能穿白衣，還有一些少數的特權人士也能穿白衣。」

「少數的特權人士？」

「像是國師，這類身分地位超然的特權人士。」

「聽起來這些人都相當棘手。」

「不一定，也許我們反而能更輕易的縮小目標。」楚瑜柔聲說道，眼中突然有種光芒亮起。

「為了避免擁兵自重或者結黨叛亂，北蒼國有規定，凡王室之人及上階貴族，都必須住在王都之內。既然人都聚集在王都，我們只消到王都打聽，看看這幾天有哪幾家的隨從出入王都，就能很容易找到目標。」

「可是現在問題是，即使找到了目標，我們也不見得能把風弟救出來。」楚軍也加入討論，看向楚瑜的表情微微有些不樂意。

「但總不能放著楚風不管吧？」楚瑜這句話是對我說的。

我看著他眼，看不見以往楚瑜眼波總流轉的柔意；從踏入北蒼國開始，他總是若有所思。

我眨眨眼，卻沒反駁。

「嗯，沒錯。既然是我們楚家的人，我們就要救回來。」

像是打氣般，我環視眾人一圈，卻在看到楚明時無法收回自己的目光。

像是看透了老太太我心裡的想法，楚明雙眼直勾勾的看著我。

對著這樣直視的眼神，我竟無話可說了。

＊　＊　＊

根據店小二的消息，這個村莊離王都並不遠。北蒼國對於邊境的管控相當注重，因此這村莊有直通王都的驛站。偏偏我們要出發的那天，卻颳起了這個冬天最大的暴風雪，一行人只好被困在客棧。

外頭的暴風雪，似乎澆熄了店內大俠們的火氣，大廳內沒有平時的打打殺殺，在房內和兒子們喝茶的老太太我也覺得清靜不少。可惜因為暴風雪太大無法開窗，不能欣賞欣賞外頭的雪景。

說到泡茶這手藝，楚殷可以說是頂尖，可老太太我必須講一句良心話，楚殷泡的茶好喝歸好喝，但好喝到無人能出其左右那是誇大其詞；可是每年大榮國舉辦的全國茶藝競賽，楚殷肯定是把優勝抱回家。

原因為何？追根究柢，還是出在那張臉皮上。

「娘，請喝茶。」楚殷眼眉低垂的捧著茶杯走了過來；袖口露出的手腕溫潤如玉，看得讓人很想摸上一把。

「小心燙。」

說完這句叮嚀的話，他抬起了頭，接著用那雙墨黑的眼似是情深的看了過來。

如此美人端來的茶，好喝程度當然也加倍，所以那些評審不分男女老少全被迷倒了，個個乖乖的把票投給我家楚殷。

「唉……」我捧著楚殷遞過來的茶杯，輕輕一嘆氣，楚殷立刻轉過頭來。

「怎麼了？娘不喜歡嗎？」

「沒有……」大抵是幾天沒看戲，戲癮犯了，老太太我好生無聊。

雖然擔心小風的下落，不過現在被暴風雪困住，也只能隨遇而安；人老了個性就是沉穩，不會毛毛躁躁，更何況被綁走的是小風，只需要擔心一點點。

但如果今天被綁走的是楚明……

「唔……」我朝坐在窗邊的楚明瞥了一眼。

我大概會很擔心對方的下場。

正胡思亂想著，楚明忽然無預警的站起身。以為被他發現老太太我正在看他，連忙低下了頭。這兒子丞相當久了，隨便站起來都好大的官威……

可是預期中的聲音遲遲沒有落下。

「爹。」

我狐疑的一抬頭，正好看見楚明走到楚瑜面前。

楚瑜正在看我帶在路上本來打算用來打發時間的小說。小說的故事內容是說有個貪官白龍天，極盡貪汙之能事，可是不管他怎麼貪汙，最後總能巧妙的逃過一劫。

我之前翻看過後覺得內容不錯，其中有很多官場上的應對能給楚明參考參考。沒想到楚明還沒看，楚瑜反而先看了。

「嗯？」楚瑜疑惑的抬起頭。

「陪我下盤棋好嗎？」

楚瑜沉默不語，直盯著楚明。

也不曉得楚明是從哪拿出來的，他一個轉身，茶几上已經擺好黑白棋子跟棋盤。

「從政為官之後，就很少下棋了。爹既然回來，棋逢敵手，想跟爹下一盤。」

「多年不下，棋力疏淺了。」

「當年還是爹教我下棋的，即使疏淺，我想爹的棋力也絕對不差。」

楚明不放鬆，步步近逼。

我都不知道這孩子愛下棋愛成這樣，他平素生活簡樸到無聊的地步，除了國事就是家事，眼看他還有一點正常人的愛好，為娘的也覺得寬心一些。不過——

「楚明，你爹剛回來，又一路奔波操勞，下棋這種事情需要動腦，不太適合現在做，要不娘陪你下一局好嗎？」我插嘴道。

楚明看著我，眉頭微微一皺；可我裝作沒看見。

「娘也很久沒下棋了，覺得手癢。」我坦然朝他一笑。要做楚家的夫人，琴棋書畫哪能不學學，而且下棋是楚瑜親自教導的，因此學得特別精，至於琴書畫楚瑜沒空盯著，學得怎麼樣……呃……不提也罷。

「那麼讓瀅瀅陪你下吧！我想把這本書看完。」

楚瑜揚揚手上的《白龍天之官場現形記》，臉上有著很淡的笑。

「這本書相當有趣。」

楚明轉回去面對楚瑜，出口的話竟然有些挑釁。

「爹以前從來不會拒絕陪我下棋，爹也從來不是輸不起的人。」

楚瑜啪的一聲闔上書。輸不起這三個字一出，房內忽然有種說不出的火藥味，我左看看右看看，就不知道火藥味是哪來的。

「好啊，爹——就陪你下一盤吧！」

不知道是不是老太太我的錯覺，總覺得楚瑜自稱的那聲爹咬字特別清晰，看來楚瑜最近身體健康丹田有力，連說話都不一樣了。

他們才開始對弈沒多久，下頭大廳就傳來微微的喧鬧聲，老太太我一向喜歡湊熱鬧，忙不迭耳朵豎得老高，然後聽到一聲再熟悉不過的金鑼響聲。

「啊！有戲可看！」我提著裙襬跳起來就要衝下樓，被楚軍眼明手快的抓回來，把面紗戴得密密實實。

「小軍，動作快點，旦角兒都要上臺亮相了。」楚軍一邊幫我繫綁帶，我一邊出聲催促他。

戲臺是這樣的，開場敲鑼，收場敲鼓，一開場主要的旦角兒就會出場亮相，這一路顧著趕路，老太太我沒有時間看戲，戲癮都犯了。

等楚軍一繫好綁帶，我忙不迭的就往下跑，楚翊追在後頭高喊小心看路我也沒理他。

果然，大廳中央已經架起一座小小的臺子。大俠們無事可做，也群聚看戲。我們下來得早，還沒全坐滿。老太太我揀了一張離戲臺最近的、正中央的桌子坐下，萬分期待。

「娘，妳也走慢些。」楚翊楚軍楚殷追了下來；楚殷蹙著眉抱怨。

我從鼻孔哼哼一聲回答他，當作我聽見了。

剛剛金鑼第一聲響似乎只是預告，過了好一會兒，旦角兒才慢悠悠的亮相；是個青衣女子，頭戴花鈿，一雙眼生得水汪汪，相當有風情。一看這旦角兒的扮相老太太我對這戲就有了七、八分好感。要知道，一齣戲的成敗，旦角兒占了相當大的因素。

她在戲臺上旋了一圈，表情哀憐，開口唱道——

『春日春遊，春何時才來？』

雖然唱功不怎麼樣，但久不知肉味，一嚐也特別美味，老太太我還是看得津津有味。

這齣戲的背景發生在北蒼國，說是有個豪門之中出了一對姐弟，姐姐貌美而聰明，什麼都一學就會，相較之下，弟弟雖然很努力，卻怎麼樣都比不過姐姐。

但這一對姐弟卻絲毫沒有芥蒂，感情相當好。直到兩人成年，依照北蒼國的習俗，不問性別只問能力，父親決定由姐姐繼承家業，弟弟也支持姐姐；然，沒想到，姐姐竟然表態拒絕接掌家業。

戲臺上的旦角兒勾袖，雙膝落地。

這一跪算是整齣戲的精華，老太太我點了點頭讚了聲，順便扔上一顆金豆子。

『爹，娘，女兒有自己想要做的事，女兒不願意繼承家業。』

『荒唐，不繼承家業，那妳要做什麼？』

『女兒從小到大都聽話，聽爹娘的話，你們說東，女兒不往西，可是女兒覺得好累，一直照著別人的意思生活。這是女兒的人生，女兒也想照著自己的意思活一回。』

『姐姐！』

『弟弟，你也該去選擇你要的人生。』

那一場戲看得老太太我淚兒漣漣，瞧，有個不開明的爹娘，孩子們就要多走好多冤枉路。

「小殷、小軍、小翊，你們看了這場戲就知道娘有多麼開明，以後記得要多多尊敬尊敬娘，每天問安五次。」

楚軍等人聽了我的話，臉上的表情都柔和起來。

「翊兒當然知道，娘是全天下最開明的娘。最愛娘了。」楚翊嘴甜，一句話說得老太太我心花怒放，湊過去就給他一個吻，這才轉過頭去看戲。

才轉頭沒多久，就聽見後面轟然巨響，木桌被劈得四散，而三個兒子仍然一臉無辜的坐在原位上。只有楚軍拍拍袖口，沾染上少許木屑。

「可能是這桌子年久失修，娘別擔心。」楚殷一句話解了我的疑惑。

下一場戲就是催人眼淚的姐弟分別。

『這個世界很大，我想要到處去看一看。』

『姐姐，妳不要走。』

『不管姐姐去哪裡，姐姐還是愛你。』

『那妳不要走，如果愛我妳就留下來。』

『弟弟……』

戲臺上離情依依，看得老太太我心都揪起來。

『可是我非走不可。』

『姐姐，我愛妳，我真的愛妳。』那弟弟聲嘶力竭。

此時客棧內響起一陣輕微的低語。

「這戲不是被禁演了嗎？這家戲班還真有膽子。」

「甭說了，國君頒布的禁令多如牛毛，誰沒犯過一兩條。現在暴風雪這麼大，關起門來演些什麼，官差也不知道。要真報了官，大夥都跑不掉。」

禁演？這麼有手足之情的戲碼為什麼要禁演呢？這段話我不甚理解。我轉頭問了楚軍一句，楚軍嘴角抽搐了好一會。最後是由楚殷回答我。

「天下就是有人這麼無聊，見不得別人好，大概是國君跟自己的姐姐感情不睦吧！」

「北蒼國的國君有姐姐嗎？」怎麼不記得有聽說過？

「有，當然有。」店小二神出鬼沒，突然現身我們桌邊，把我嚇了好大一跳，直拍胸脯。

「今晚菜色是白酒牛肉，各位要來一份嗎？」

「這間店內不是只有女兒紅跟牛肉嗎？」

「結合在一起就是白酒牛肉。開發的新商品。」

「白酒牛肉是這樣做的嗎？」印象中好像不是這麼一回事，雖然老太太我也沒吃過就是。

「要就要，不要拉倒，我很忙。」店小二不耐煩的把筆桿在桌上敲得喀喀響，腳下還站開三七步，一位服務業人員可以做得這麼隨性也算了不起。

「要一份，再燙一壺酒上來。」我吩咐完，忙不迭的又叫住店小二。

「等等。」

「有話可以說快點嗎？」

「剛剛你說北蒼國君有個姐姐是什麼意思？」

店小二不答，伸出了手，用食指跟大拇指相互摩擦下，然後再攤開。

什麼意思？某種禮儀嗎？

我看得一頭霧水，也學他摩擦食指跟大拇指攤開手掌，店小二從鼻孔不悅的哼了一聲。

「怎麼，以為天下有白吃的午餐？」

老太太我會過意來，忙讓楚殷拿過一袋銀子放到他手中；其實我想給的是金豆子，可是楚殷只拿給我銀子，感覺有點對不起這位店小二，畢竟我施捨乞丐都給金豆子了，卻只給了店小二銀子……

店小二倒不在意金子銀子，用手掂了掂錢袋。

「等一下。」說著，他就冷著臉轉過身，兩秒之後再轉過身來，頓時嚇得老太太我倒抽一口氣，店小二的笑容變得無比燦爛，不能想像跟剛剛是同一個人。

「夫人，有什麼想問的呢？我姓包，名打聽。您想知道什麼，知無不言。」

這變臉的技術讓人嘆為觀止，我看這店小二本行應該是學演戲的，否則怎麼能變臉變這麼快。

「關於那個國君的姐姐……」

「哦，是的，這在北蒼國也並不多人知道呢。聽說我們國君本來有一個親生姐姐，成年之後突然銷聲匿跡，對外只說病逝；等到國君登位後，頒布禁令，不准任何人提起關於這位王室公主的事情。」

「原來北蒼國王室內還有這樣的秘密。」我點了點頭，這大概就是什麼王位爭奪手足相殘。看來北蒼國國君跟他姐姐感情很不好。

「不過這國君還真奇怪，是見不得別人好嗎？臺上這對姐弟感情這麼好，他卻偏偏不准別人演這齣戲。」

店小二聳聳肩，不置可否，笑容只有半盞茶的時間。

「夫人，還有別的事情要問嗎？」

「有。」這回不是我的聲音，是楚殷出聲詢問。

店小二不發一語，又把手伸了出來，楚殷把一包比剛剛更大包的銀子放到他手中。

「那你知道那位公主後來去哪裡了嗎？」

「公子若要知道答案，看戲吧！」

我不清楚楚殷為什麼要問這個問題，可是他面色凝重，若有所思起來。我不敢多問。此時，戲臺上正好演到戲末。

姐姐被家族中的長輩趕出門，而弟弟接掌了家業。兩人各立於舞臺一方。

姐姐眼神望著整座舞臺，低聲輕唱。

「何時，春天才能降臨這裡？」

與她相對，弟弟的視線望過舞臺後，則落在姐姐身上。

「春天，何時才能回到我身邊？」

戲落幕，臺下響起如雷的掌聲。

我對姐弟之情很感動，多扔了幾顆金豆子上去，那演姐姐的旦角兒冷不防被我砸好幾下，本來微有怒意，一看見是金豆子，立刻笑逐顏開。

這麼多天沒看戲，只看這麼一點點當然不夠，於是我坐在原地，眼巴巴的期待他們再表演一段。

楚殷明白我的心意，去跟戲班的主人商討一陣，又讓他們唱了一小段曲子，唱完的時候已經夜深。

「娘，該睡了。」楚殷一手搭上我的肩，低聲說著。

老太太我轉頭一看，大廳不知何時只剩我們一家子。

「小殷，你讓她們再唱一曲就好……」我扯扯楚殷的袖子，眼睛睜得大大的，希望讓他看見娘眼中的渴望，不要破壞老人家的心願。

「不行，娘該睡了。妳看，妳的眼睛都紅得跟兔子一樣，分明就是該睡了。」楚殷不聽我的，一句話就打了回票，氣得老太太我鼓起臉頰。以前在楚府想聽多少戲就聽多少戲，現在想聽首曲兒都不行。

「爹娘為大，你不可以阻止，娘現在要聽曲子！」

楚殷禁不起我軟磨硬逼，臉上立刻浮現為難。我得意洋洋，正準備加把勁勸服楚殷——

「不可以！」

這麼有威嚴的聲音，老太太我好生耳熟……狐疑的轉頭看去，發現楚明不知何時下完棋，正站在樓梯上，一邊的眉頭微微挑起。

「大哥。」楚殷吁了一口氣。

我暗恨的瞪了楚明一眼，只差一點就要成功，偏偏這程咬金殺了出來。

「娘該睡了。」楚明抬了抬下巴，下一刻覺得腰間一緊，楚軍將老太太我打橫抱了起來。

「不要……娘要再聽一曲！不成親生子就算了，連這麼一點小願望都不讓娘實現，娘真是了無生趣……」我直掙扎。

楚軍卻不管不顧，板著一張臉，像抱著根羽毛一樣，抱著我走上二樓。我一路嚕呼，楚翊也跟在後頭說個不停。

「這實在太不公平了，為什麼每次抱娘的都是二哥，以大欺小，當什麼大將軍……」

楚軍充耳未聞，徑直往前。我含淚看著大廳的木臺，決定明天早起聽曲兒。

我被送到房門前，卻不是之前住的那間。我看了看楚殷，有些不解。

「娘，之前妳老嫌三樓風大會冷，今天店小二替妳換間二樓的上房。我們的房間就在樓上，有什麼問題叫一聲便成。」

「還會有什麼問題，娘可以好好照顧自己。」既然楚明都下令了，他是一家之主，也不好在其他兒子面前不給他面子，這回老太太我大人有大量，放他一馬。

楚殷微微一笑，把我推進房裡。

「娘好好休息吧！」

雖然是這麼說，但老太太我因為太久沒看戲興奮過度，意猶未盡直回味，到了很晚還睡不著，下床喝水時聽見外頭傳來說話聲。

「怎麼，陪我們爺兒倆一夜，肯定比妳苦哈哈的唱戲賺得多，大爺保證不會虧待妳。」

「夠了，我已經說我不要了。」

「別這樣嘛！剛剛在臺上妳只能叫弟弟，現在給妳個機會在床上叫哥哥，怎麼樣，很划算吧？」

「放手，再不放手我要叫人了！」

「妳叫啊，叫破喉嚨也沒人會理妳。現在大家都睡了，誰能來救妳？」

深夜調戲良家婦女？這聽得老太太我都火冒三丈起來。要知道，老太太我在花錦城是出了名的愛打抱不平，哪兒的地不平就去哪兒踩踩，今天都不平到我房門口了，哪有不踩的道理？

「你們還不給我住手！」

繫好面紗用力吸氣抬起單腿就往門上狠踹；楚翊他們隨便一踹門板都會飛個半天高，想必老太太我也不差；這一踹下去門沒飛走，倒是開了，不過也踹疼了軟鞋內的腳丫子，痛得我眼淚都出來了，只能抱著一隻腳蹦出門外。

「痛痛痛痛……為什麼這扇門板那麼硬……」我含淚瞪了門板一眼，再轉過頭瞪著那些登徒子。

眼前的三個大漢正圍著今晚飾演姐姐的旦角兒，四個人八隻眼全都瞪圓看著我。

雖然腳丫子還是很痛，但為了在小輩面前樹立風範，老太太我只好把抱著的腳放下。

「看什麼看，還不快放開那個女孩！」一手叉腰一手戟指，說出這句話的同時老太太我覺得自己真有主角的風範，像極了武俠戲中的大英雄。

「幹什麼?妳是誰？」為首的是個有把鬍子的大漢。

此時，一股異味飄來，連面紗都阻擋不了，我抽了抽鼻子，大皺眉頭，問了個跟現在狀況無關的問題。

「你們有沒有洗澡？」

「什麼？」

實在受不了了，老太太我只好舉起右袖掩住鼻子。

「現在的年輕人怎麼那麼不注重個人整潔，這味道跟醃過頭的酸菜加上郝伯的腳臭沒兩樣。我還以為郝伯的腳臭已經夠厲害了，沒想到江山代有才人出，體臭界中還有這等人物。」

我嘟嘟囔囔，這要是我兒子，我一定拿香料把他醃起來，臭成這樣，感覺洗都洗不掉。

「妳說什麼？我……我臭不臭關妳什麼事，閒事少管！」為首的大漢臉色立刻漲得紫紅，讓我想起去年做的醃茄子，那茄子真好吃。

「我是以長輩的身分告誡你，我自己有六個兒子，就算不是每個都香噴噴，但每個人從頭髮到腳趾甲都沒有一點臭味。這樣怎麼會有女孩喜歡？」

「干……干妳屁事……妳妳妳……到底是哪裡跑出來的刁婦？」

刁婦？這輩子還沒有人用這詞形容過老太太我，第一次聽到新鮮得很。不過他這麼一說，倒讓老太太我想起一開始出來的目的。

「對了，還不快點放開那個女孩！」我掩著鼻伸手去拉那女孩。她有點不知所措。拉近一看，我才發現，這女孩身材比例真好，又高又瘦的，是個標準的衣架子。

「妳是……」

「別怕，鋤惡扶弱是老太太我的本行，儘管站到我身後就是。」她一開口我就打斷她的話，這手還冰冰涼涼、不斷顫抖，肯定是嚇壞了。

「妳要做什麼？竟然跟大爺搶女人？」那大鬍子愣了愣，又吼了起來。

「年輕人說話這樣大吼大叫，不到三十歲肯定就破嗓了。」我嘖嘖兩聲。

「廢話少說，把人交出來！」

「不要。」哪有晚輩命令長輩的，這聲拒絕中氣十足。

「別以為大爺我不打女人。」

「別以為老太太我沒本事！」老太太我好歹也惡補了三個月的拳法，架式一擺還是有模有樣。他們三個人立刻愣在當場。

「老大……那個架式不是當年……」

「怎……怎麼可能……那個人早已消失多年……」

眼見這些小輩被我的威嚴震住，我得意洋洋，朝他們招招手。

「怎麼樣，過來啊！」

我往前一步，他們就往後退一步。

「妳是從哪裡學來這套拳法的？」大鬍子一臉緊張兮兮，盯著我一動也不動。

「對長輩要尊敬，要說『請問您』，但這次老太太我不計較，放你們一馬。這是我家郝伯教的。」

「郝伯？那是誰？」

「我家管家。」

他們立刻交換一個眼神。

「不是那個人嗎？」

「可是老大……為什麼她會知道這個起手式？」

「說不定這娘們只是誤打誤撞。這武功多少年來無數的人鑽研模仿，可是就沒人可以參透其中的奧秘，我看根本就是虛張聲勢。」

這句話老太太我可不贊同，雖然郝伯說我打得貓裡貓氣，可貓怎麼說也是老虎的親戚，表兄弟一家親，大概就是說我的拳法跟老虎一樣凶猛。雖然我從來沒有打過稻草桿以外的東西。

大鬍子正要前進，後面的跟班又拉住他。

「但是老大……我們還是要小心……聽說被這種拳打中的人，全都四肢傷殘，變成活死人。」

「你說得也有道理。兄弟們，都上來！」大鬍子往樓下一喝，立刻有十幾個大男人走上來，每個都跟酸菜一樣臭，臭到老太太我擺不出架式，只能用兩袖掩鼻。

「好臭臭臭臭……」

「這娘兒們不簡單，大夥一起上！」

一群人蜂擁而上，老太太我臭到受不了，抓起那旦角兒的手就開跑。

「果然只是虛張聲勢，大夥們快追！」

「夫人……我們……我們這樣跑也不是辦法……」那旦角兒憂心忡忡，大跨步超過我。

老太太我還沒弄清楚怎麼回事，就足不沾地的反被人拉著跑。

後面臭酸菜軍團眼看就快要追上來了，我終於忍耐不住，也不管這是寂靜的深夜，哭著大喊起來。

「楚軍，小翊……救命啊！」

養兒子是拿來幹嘛的？拿來玩玩摸摸疼疼，還有替娘擋麻煩的啊！

我一尖叫，樓上立刻有人踹門而出，渾身水淋淋的飛身而下，顯然剛沐浴到一半。他一手將濕淋淋的髮後撥，一手拉著腰間的布巾，無數的水珠從他光滑的胸膛上滑落，在幽幽的燭火下閃閃發光。

「娘！怎麼了？」是楚軍。

即使知道我家老二有著一副好身材，但平時的他總是穿著盔甲，無法窺視。唔……腹上的六塊肌，老太太我是第一次看見。

少了平時的嚴肅，這會兒的楚軍竟然帥得足以和楚殷匹敵。

「哇！好養眼。」不愧是我兒子。

「啊——裸男。」我旁邊的旦角兒嬌羞一喊，立刻拿手摀住眼睛，可是手指之間的縫隙卻挺大的，一雙烏溜溜的眼直往楚軍身上瞧。

「你又是哪來的傢伙？」大鬍子看見天降神兵，滿臉怒意。

楚軍把那條小布巾綁好，看了看我們，又看了看他們，迅速理解現場情況。

「我是她兒子。」

「你是這刁婦的兒子？那你最好把你娘管好，別讓她出來壞了大爺我的好……」

沒人看清楚楚軍做了什麼，那大鬍子已經摀著嘴哀哀叫起來，地上還落著幾顆白白的牙。

「我的牙……」

「不好意思，方才你說了什麼，我沒聽清楚，可以麻煩你再說一次嗎？」楚軍神色平靜，只是淡淡的詢問，好像剛剛打人的不是他。

「嗚哇……我……你……」大鬍子摀著嘴吐不出一個完整的句子。

眾臭酸菜軍團全都嚇得往後退了一步，在楚軍的眼光下乖得像綿羊。

「好……好漢不吃眼前虧……我們走！」有個膽子大點的跟班吼了一聲，話尾卻在發抖，扶著大鬍子就要走，大鬍子卻搖頭拚命用手指著地上。

「蠢蛋……我的牙……」他這麼一開口，又有幾顆牙落到地上。

我算算他嘴裡現在應該沒剩下多少顆牙，下半輩子看來只能吃稀飯了。

「好，老大，我們馬上撿起來。」

接著他們用著追人三倍之快的速度逃跑。十秒鐘內清場完畢，只剩下我們三個人站在原地。

「沒想到我兒子幾乎全身光溜溜，也能讓大家這麼敬佩，果然是做將軍的料。」

楚軍把散亂的髮全都往後梳，從髮上滴落的水珠順著他背後的紋理流下。他轉過身，無奈的看向我。

「才離開多久，娘就闖禍？」

「這會不是娘的錯。娘是路見不平就要去踩踩，這會兒人家都調戲良家婦女調戲到我房門口了，娘能撒手不管嗎？」

「良家婦女？」楚軍這才發現我身邊的旦角兒。

楚軍的視線一落到她身上，那旦角兒立刻嬌嗔一聲躲到我背後。這年頭會臉紅的女孩難找，老太太我不由得幾分喜歡。

「別怕別怕，這是我兒子楚軍，今年二十一歲，雖然有點無趣但人很不錯，武功也很好，最重要的是單身未婚……」

「娘！」我還沒有介紹完畢，楚軍就打斷了我話。

我被吼得有點無辜，大張著眼不知所措。

「娘，娘妳沒事吧？」

楚殷和楚翊這會兒姍姍來遲；兩個人看見楚軍的樣子都同時瞪大了眼，顯然家裡的兄弟也很少看見楚軍這副好身材。

「喔呵呵，沒事沒事，楚軍已經把壞人趕跑了。」

「這些人是……」旦角兒躲在我背後狐疑的發問。

「也是我兒子。」

「哦……」

「二哥好卑鄙，竟然用美男計偷跑。」楚翊氣呼呼一跺腳，轉身就奔到我身邊。

「娘別上當，像二哥這樣滿身的肌肉，抱起來是硬邦邦的，要選就要選我。」

「可是娘看著挺好看的，比小殷還要好看……」

「是嗎？」楚殷驀然打斷我的話，不知何時走到楚軍身邊。楚軍人高馬大，楚殷比他還矮上半個頭。

他上下打量了楚軍一番，忽然側過身露出半張臉。為老太太我還在想他打算做什麼，下一瞬間他的袍子上就從肩上滑落下來，露出光滑結實的胸膛；楚殷身子較纖細，看起來是另一種楚楚動人的風情，一時之間竟然難以選擇。

「娘說說看，我哪裡不如二哥？」

「嗯嗯……難分軒輊……」

楚翊聽到我這麼回答，大聲抗議。

「娘！身材不是重點！」

我摸了摸他的頭，笑瞇了眼安慰他。

「我們家楚翊小小的也很可愛。不用擔心，你以後也可以長得像哥哥們那麼高，畢竟你爹的遺傳夠好……」

不知道哪句話打擊到楚翊的自尊心，他往後退了兩步，失魂落魄。

「啊！好害羞啊！」身後的旦角兒又羞叫起來，我才想起她的存在，忙轉身把她摟進懷裡安慰；沒想到她竟比我還高，還要彎腰才能讓老太太我摟住。

「別怕別怕，那是我兒子楚殷，臉蛋跟身材都很棒，穿衣品味沒得挑，還是一家大繡閣的老闆，最重要的是目前單身，還沒有成親……」

「夫人您的兒子好奇怪，怎麼一見面就脫衣服……」

「哦哦……我這兒子學藝術的，比較不拘小節。妳知道藝術家都是這樣的。楚軍楚殷，還不快把衣服穿起來，嚇到人家姑娘了。」

楚軍點了點頭轉身就要回房；楚殷的表情卻還有些不平，顯然對於自己跟楚軍打了個平手很不甘心。

「好了，你們快回房去睡覺。」我連推帶拉，把楚殷和楚翊都趕回房去。一轉過身看見那旦角兒還不知所措的站在原地，我朝她燦爛一笑。

「至於妳，來本夫人房間吧！」

「啊？」

＊　＊　＊

「幾歲？哪裡人？婚配了沒？」

一關上門把人拉到桌邊，我忙不迭的追問，把那旦角兒問得一愣一愣。

「哦……不對，我應該先問妳叫什麼名字？」

「歐陽墨，爹都叫我小墨，今年十七歲，南華國人。」她倒是很乖，一一回答老太太我的問題。

「不錯，名字好聽，人也長得好。那──婚配了嗎？」

「呃……這個……還沒……」

「有意中人沒有？」老太太我湊上前，興沖沖的追問。

「也沒有……不過……夫人，您一定要戴著面紗嗎……」

她這麼一提醒，老太太我才想起來面紗一直都沒摘下。

「喔呵呵，妳看我這記性。」我連忙把面紗摘下。

「人老了記憶力就不怎麼樣……怎麼了？」

歐陽墨瞪圓眼，一臉不可置信。

「夫人您……真美……」

雖然是聽習慣了，但被人稱讚多少還是有點開心，老太太我呵呵直笑。

「妳這孩子真會說話，不錯不錯，我很滿意。」

「滿意？」

「對啊，妳剛剛說妳尚未婚配不是嗎？我正好有一群還沒成親的兒子們，妳可以考慮考慮。老太太我選媳婦是看人品相貌，跟出身無關。」

「可是……這我……」

「剛剛我們家楚軍那樣衝出來，妳躲避不及，我們壞了妳的清譽，對妳負責那是應該的。」

一提到楚軍，即使上了粉，仍然看得出歐陽墨臉上飛上紅暈。

「原來那位叫做楚軍……」

「對啊！我這兒子叫做楚軍，是個大將軍，從他年少時就打遍天下無敵手……唯一缺點是比較不懂得跟女孩子交際啦！但這對我未來媳婦絕對不是壞事，這表示我家楚軍以後會很忠心……」見歐陽墨對楚軍似乎頗有好感，老太太我更加起勁說個不停。

「怎麼樣，想認識一下嗎？」

歐陽墨看了我一眼，低低的嗯了一聲，紅著臉垂下頭去。

說不定會在這山高水遠的北蒼國找到我的第一個媳婦，老太太我高興得臉上放光。末了想一想，我拉著歐陽墨的袖子怯怯一問。

「那……在那之前，可不可以先唱首曲兒給老太太我聽？」

第四章

「這是歐陽墨。小墨姑娘，這些是我兒子。」隔天一家人吃早飯的時候，我笑嘻嘻的介紹小墨姑娘。

一桌子的人都抬起頭看著我帶來的女子，只有柳眉夜低著頭抱怨他的頭暈，而琦妙則在一旁勸說他喝下聞起來味道有點古怪的藥茶。

「娘，這是誰？」楚明是一家之主，自然負責詢問。

「呵呵，楚明你昨天沒看戲不知道，小墨姑娘就是昨天主演的旦角兒，卸了妝仍然漂亮得很。天生的美人胚子。」

這話倒是不假，許多戲子因為長年演戲，粉撲得太厚傷了皮膚，卸了妝都好看不到哪裡去，沒想到小墨卸了妝仍然素淨好看，眉宇之間英氣勃勃，讓老太太我不由得對自己的眼光大為讚嘆。

「戲班子的人應該是坐在牆角那桌。」楚明語氣四平八穩，指指角落。

「娘已經跟他們談好，每天照付五顆金豆子，要他們別演戲了，就讓小墨姑娘過來陪我。反正這幾天暴風雪也無法離開客棧，沒有個女孩可以說些體己話，娘很寂寞。」說著，我用手肘推推小墨，要她說點話。

「啊……大家好……奴家叫做歐陽墨……」她好半天才鼓足勇氣抬頭，但一看見那麼多人盯著她瞧，馬上又臉紅垂下頭去，幾乎要把頭垂到胸口。

「喔呵呵！大榮國近幾年民風開放很多，這年頭這麼害羞的姑娘不多了；但娘覺得女孩子偶爾有點矜持也是很不錯的，啊……我看這頭好像沒有位置了，小墨姑娘，只有楚軍身邊是空的，妳坐那好嗎？」

楚軍身邊坐著楚明跟楚翊，那條凳子上連半個屁股的位置都沒有，聽見我的話，楚軍臉上愕然。

「好的，夫人。」

「小翊，今天來跟娘坐好嗎？」我自行入座，朝楚翊招招手。

「好啊！當然沒問題。」楚翊答得飛快，不知為何站起身後朝著楚軍拋出一個幸災樂禍的表情，還笑咪咪的把歐陽墨送入位置。

「請上坐，歐陽墨姑娘。」

歐陽墨羞答答的坐到楚軍身邊。楚軍的表情很僵硬；但我想應該是這孩子害羞的表現，會害羞表示對這人有好感。好的開始是成功的一半，我不住暗暗喝采。

「楚軍，人家歐陽墨姑娘人生地不熟的，你多照顧她一下。」

「……」楚軍不答，沉默的吃著。

「楚軍——聽見娘說的了嗎？」

楚軍忽然揚頭看我一眼，有些受傷的表情讓老太太我心口驀地一沉。

「聽見了，娘。」說完，面無表情的繼續吃著。

「二哥，娘這是為你好，娘特別關心你。」楚翊笑呵呵的攬住我一邊手臂。

「妳就不用擔心娘了，以後娘放心交給我照顧。」

「小弟，有的時候我真的覺得你沒良心到一個極致。」插嘴的竟然是楚殷。

「被四哥這麼說，真是讓我受寵若驚。」

「我不像小弟總是喜歡窩裡反，我很清楚主要敵人是誰。」

「是誰？」他們的對話聽得我一頭霧水，我左看右瞧，突然發現楚瑜沒有下來吃早飯。

「對了，你們爹呢？」

「爹還在思考。」楚明回道。

「思考什麼？」

「下一步棋該怎麼走。」

「你們那局棋還沒下完？」這老太太我倒奇了，簡直感到不可思議，沒聽過下了一天一夜的棋還沒下完的；棋盤也就那麼丁點大，無法分出勝負就把棋子擺滿不就結束了？

「我跟爹，誰也不想輸。」

「原來如此。」我應了聲垂下頭假裝吃肉，沒想到兩人竟然下得不分軒輊。

但現在楚明還能下來吃早飯，就看得出誰居於上風。有時候世事真是難以預料。

吃過飯，我拉著小墨回房，要她唱曲子給我聽；楚殷楚翊死活要跟，我也拿這些黏人的孩子沒辦法。

小墨吊了吊嗓子，唱了首南華國的小調，歌曲輕快，聽著心情都愉悅起來。

曲子一唱完我就一個勁兒的拍手，同時還逼迫楚殷楚翊跟我一起拍手。

歐陽墨有些不好意思，紅著臉坐下。

「好聽，好聽，歌唱得好聽，戲也演得好。」

她抿著唇一笑，動作柔美。

「這些小調沒什麼，如果夫人喜歡，還可以為夫人唱首長相思。」

「相思長，除非相見無了期。」我微微一笑，迎上她訝異的目光。

「今天這麼開心，還是談點別的事情吧！說說妳平常的生活好不好，我好好奇戲班內的生活。妳是什麼時候加入的？」

「還不懂事的時候，就讓娘賣進了戲班。」她笑了笑，娓娓道來。

楚殷聽到這裡時，瞟了我一眼。

「辛苦嗎？」我聽得心都揪成一團，這苦命的孩子。

「說不辛苦是騙人的，可是我喜歡演戲。」她抬手把髮撥到耳後。

「就像在作夢一樣，可以扮演很多種身分；一個人只有一種人生，而我在臺上可以有幾百種人生。」她看我一眼，表情有種說不出的怪異。

「連我這種人，也能在臺上過著像夫人一樣的生活。那夫人又是為什麼要看戲呢？我看得出來，您有好的出身，美滿的家庭，甚至……家財萬貫，對於您這樣的人，究竟看戲求的是什麼？」她問得認真，老太太我卻是一愣。

不過被這麼一問，倒讓老太太我想起很久很久以前看的第一場戲。戲演些什麼不記得了，周圍人群的臉也模模糊糊的，只記得在那一片模糊不清中，有人跟老太太我說了一句話。

「演戲的是瘋子，看戲的人是傻子。」不知不覺，我竟然把話說出口。

「夫人此話怎說？」

「在臺上演戲的戲子，說是自己，又不是自己，每一句話雖然都從自己口中說出，卻又都不是自己的意思；而看戲的人是傻子，明知道臺上的人演的故事假的居多，演出的內容也常常跟他們毫無關係，卻還能看著同喜同悲。」

「娘說得很有意思，是自己看戲體會出來的嗎？」楚殷問道。

我搖搖頭。

「不是娘想出來的，好像是有人跟我說的。」

「爹說的嗎？」

我又搖頭，視線停在桌布上。

「不是你爹，是別人，在遇見你爹更早更早之前。」

「那以往怎麼都沒聽娘提起？」

對啊！為什麼呢？

「可能人老了，就忘記了。」

「這麼說來，很少聽見娘提過自己小時候的事情呢。關於娘的事情，什麼都好，我想聽一聽。」楚翊眨巴著眼，甜甜的追問。

這一問卻讓老太太我嚇出一身冷汗。

「娘小時候……過得很普通，很普通……沒什麼好說的。」我乾笑一聲，拍了拍楚翊的頭，安撫似的哄著他。

「有空的話，娘再慢慢跟你說。小墨姑娘，再為我們唱首曲子好嗎？」近乎有些逃避開這個問題，我朝小墨扯出一個微笑。

她點了點頭，站起身為我們唱了首曲子，不是平時常聽慣的曲調，有著奇異的風格。

我閉起眼，眼前卻是一片黑暗。以前就知道自己不對勁，除了楚瑜以外，這麼多年來我沒讓任何人知道這個秘密。楚瑜替我堅守秘密，給了我一個新的姓，新的家人，還有一份完完整整的感情。

可是在遇到楚瑜之前的記憶是模糊的，像是浸在波紋橫生的水中，什麼畫面都看不清楚。

＊　＊　＊

「什麼——啊——」

用餐時要有良好禮儀，說話輕聲細語，進食細嚼慢嚥，為了給兒子們樹立良好的典範，老太太我平時都以身作則，但這會兒卻控制不住尖叫聲，抱著一旁的楚明渾身發抖。

店小二一臉無奈的摀住耳朵，等我叫完才放開手。

「夫人請鎮靜。」

「啊啊——你說這間客棧鬧鬼——」

「我沒說鬧鬼，只是說曾經有房客死在這裡。」

「這跟鬧鬼有什麼兩樣？」

「又沒人看過鬼，我只說今天是她的忌日而已。」

事情是這樣的，晚上吃飯的時候，老太太我發現店小二在櫃檯前供了幾張紅紙，以為是什麼特別的習俗，順口問了一句，店小二卻說他是在祭拜某個死在客棧內的房客，老太太我生平是最怕這種看不見的東西，光是聽到半夜都會睡不著。

「娘別怕，又沒有人看過，大多道聽塗說，不可盡信。」楚明的聲音平穩的在頭上響起，聽在耳裡很有安全感。老太太我吸吸鼻子，突然覺得也沒那麼怕了。

「公子，這可不是道聽塗說。三十年前的夜晚，的確有一對情侶私奔到這兒，兩人約好要殉情，拿刀互砍，結果女的死了，男的只剩一口氣，讓人抬了回去。」

「情殺……」不聽還好，一聽老太太我的牙齒又不聽話的直發顫。

「有客人說過他在忌日這天看見女鬼；但我包打聽在這客棧待了將近十年，連個屁都沒看過。」

「屁是看不見的……」我一邊發抖，一邊不忘糾正他。

「所以囉！我看是根本不存在；但這是老規矩了，每年這個時候總是要拜一拜，好讓大家心安。」

「那……那女的後來葬在哪裡？」

「哦，夫人不知道嗎？就在妳這間房後面啊！妳一打開窗子就看見了。」店小二說得輕鬆。

這兩天因為暴風雪不曾開窗，老太太我當然不知道自己的窗外還有另一個鄰居，這下兩眼一翻暈了過去。

＊＊＊

等到再醒來，房內空蕩蕩的只有老太太我一個人。桌上的燭火幽幽，滿是紅淚，想來應該已經是深夜。

才想下床喝水，窗戶就無預警喀喀響起來。這幾天明明已經聽習慣這個聲響了，可是現在聽起來像是有人在外敲打著窗。老太太我想到店小二說的話，那位橫死在客棧內的鄰居不就是住在那裡嗎？

這麼一想，嚇得老太太我立刻縮回被窩內瑟瑟發抖。

「有……有人嗎……」

想叫兒子們來陪伴，又怕太大聲會吵醒外頭的鄰居；要是真把人吵起來就不好了……

也許只是我想太多了。身為六個兒子的娘，光是因為暴風雪吹響窗子的聲音就嚇得縮在被子裡面也太沒膽，怎麼能成為大榮國婦女們的典範，好歹老太太我是名滿全國的楚老夫人。

我顫顫兢兢的把被子拉下一點點，偷看了外頭，什麼也沒有；再接再厲，又拉下一點點，房內還是空蕩蕩的；老太太我這才舒了口氣坐起身來。

「哈哈，果然什麼都沒有，天下本無事，庸人自擾之……哇啊啊——」才正安慰著自己，房門就毫無預警咿呀一聲開了，把老太太我嚇得魂飛魄散，慘叫得像是正要被殺掉的豬。

「不要吃我——我老皮老肉老骨頭了不好吃——啊啊——」我抱著床柱，閉起眼睛大哭，鼻涕眼淚一起流下來。

「娘……」

「我不是妳娘……妳認錯人了，我的兒子們不會飄來飄去……」

「娘……」

「嗚嗚……我絕對不答應，妳一定是想把我抓走去當妳娘吧？就算自己一個人住很寂寞也不可以這樣，我還有六個兒子，身為大榮國的模範娘親，我不能丟下我自己的兒子跟別人走……」

「娘！是我！」對方忍無可忍的吼了一聲，這吼聲跟楚明倒有些相似。

我一下嚇得止住哭泣，可是仍然不住抽噎，眼睛不肯張開。

「妳幹嘛模仿我大兒子的聲音，學得很像，但我不會上當的。聽說鬼都是很厲害的，除了會飄來飄去，還可以變成別人的樣子……但我告訴妳，我很熟我家兒子們，絕對不會認錯，我家楚明從來不會這樣大聲說話，他都是冷冰冰的命令我這個作娘的，且一年到頭臉皮都是癱的；雖然大家都說長得很像他爹，但在我看來，他爹帥多了……」

「……」

那鬼不答，可能是被我拆穿了把戲心虛。

「所以……我建議妳可以去見見他，好好學習一下再來騙我。我想楚明應該能處變不驚的跟妳聊天……」話還沒說完，老太太我就被抱離床柱摟在懷裡。

「不要啊……不要抓我啊啊……咦……是熱的……」而且好像還有心跳……不對，這一定是鬼想要騙我的花招，鬼是很狡詐的，不然怎麼有個成語叫做鬼頭鬼腦。

「本夫人絕對不會相信的，妳最好速速離開。我……我有一個兒子，他雖然現在不在，但是他對付鬼是很有一套的，不趕快離開我，等他回來妳就死定了，本夫人慈悲為懷，也不希望妳魂飛魄散不得超生……」所以，快點走！

「娘……」

「就說妳不是我兒子，不要學我兒子的聲音叫我。」

「鬼」輕輕鬆鬆的把我從被子裡抱起來，輕笑了一聲。

「那不然要叫妳什麼好呢？瀅瀅？」

「妳不是我兒子，而且我兒子也不能直呼為娘的閨名。」

「那誰才能這麼叫呢？」

「當然是我的丈夫……」話沒說完，脣突然有個溫暖柔軟的感覺拂過，比一陣清風還要細微，一刷而過。

我嚇得睜大眼，忘了自己剛剛發誓絕不睜眼的誓言。一睜眼，楚明的臉映入眼簾。

「楚明？咦？真的是你？」

楚明一身便服，平時總是表情的臉上竟然有著微微的苦笑。

「一開始不就說是我了嗎？」

「娘以為……娘以為……」我怯怯的瞟了一眼窗子，還是關得好端端的。

「我知道娘會怕，特地睡前來看看娘，沒想到把娘嚇成這樣。」楚明柔聲說著，語氣跟平常有些不同。

「呃……娘剛剛不是怕，娘剛剛只是……只是作作樣子。要知道，娘是絕對處變不驚的，身為你們的娘，怕這個字怎麼寫早就忘了……」

「是，瀅瀅是最勇敢的。」楚明一笑，讓我坐在他的腿上，將我抱在懷裡。

「是娘。娘跟你說過不可以直呼娘的閨名。」在他身上亂摸一陣，確定是有心跳的，老太太我舒了一口氣，忙不迭的教訓起人來。壞習慣一開始不矯正，以後就很難改掉。

楚明不發一語，忽然雙手收緊，不疼，卻緊得像是被箝制起來。

「怎麼了？」我想伸手拍了拍他的頭，卻不能如願。

「是不是最近遇到什麼挫折，有什麼困難嗎？你老實跟娘說，娘替你想想辦法。」最好的方法就是去和鳳仙太后告狀。權力是怎麼用的？就是這樣用的！

「沒有，只是想要這樣抱著妳，很久沒抱了。」

他說得也沒錯，六個兒子中，我最少擁抱的就是楚明，這孩子再怎麼堅強，還是很需要娘愛的抱抱，一想我就心軟。

「好，娘讓你抱，抱很久都行。」

氣氛好安靜，安靜變成了一種氣息，被人深深吸入，平撫了那些躁動的情緒，老太太我忍不住有了些睏意，楚明這孩子卻還是一動也不動，甚至把臉埋在我的髮間。看來他受到很大的打擊，一時半刻還回復不過來。

朦朧中我開始打起瞌睡。

半睡半醒之間楚明有了動作，我半睜著眼看他。可能是睏極了，楚明的表情是我從未看過的溫柔，溫柔中甚至帶著一抹哀傷。

怎麼？這孩子活到這把年紀，也終於有了傷春悲秋的情緒嗎？還來不及思考，楚明的臉就在眼前放大，吻落在了脣上，很輕，輕得讓人有一種悲傷的感覺。

這些孩子長大了，還是很喜歡跟娘親親抱抱的，不過依照楚明的性子，是抵死也不會說出去，否則大榮國的丞相面子往哪擺？

不過……好睏……真的睏得不得了……人老就不能晚睡……

「睡吧！瀅瀅。」

楚明替我拉好被子，坐在床沿，臉上突然綻出一個微笑；那微笑，像極了記憶中的那個人。

果然是父子……連笑都是遺傳嗎？

第五章

可能是前一晚睡得早，隔天我很早就醒了。簡單漱洗過後，打開窗戶，發現風收雪歇。暴風雪停了，從山那一頭爬出來的太陽，把整個冰雪大地照得閃閃發光。

「咦？放晴了？」我嘀咕著。

打開房門想下樓吃早餐，一踏出門外，就發現門邊有個黑忽忽的東西。因為凌晨天色還濛濛亮，看不清楚，我提心吊膽的湊上去看，有均勻的呼吸聲傳來。

「楚明？」我不可思議的輕叫起來。

楚明側著頭靠在牆上，身上裹了條黑毯子，睡得正熟。不過他什麼時候搬張凳子坐在我房門口睡了一晚，難道從昨晚開始他就沒有離開嗎？

「真是貼心的孩子……」知道娘怕鬼，他就這樣守著不走。一直以為這孩子是所有兒子中最不體貼的，看來不盡然。睡著的模樣很稚氣，沒了平時的威嚴。

老太太我就是容易感動，盯著楚明看了好一會。

楚明眉頭微微皺起，眼皮翻動，好一會兒張開眼，還有點迷迷糊糊。

「娘……？」

「嗯，你怎麼在這裡睡，小心著涼，要不然進娘的房間睡會兒。」

他那份迷糊只維持一小會兒，沒半晌視線就轉為清明。

「不用了，既然醒了也睡不著了。」他站起身來伸了個懶腰。

「娘要去哪裡？」

「娘有點餓……想下樓去找點東西吃……」

「那我陪娘下去。」

「好。」我笑眯了眼，經過昨晚，總覺得跟這孩子的關係拉近不少。

我們太早起床，這時店小二還在睡覺。

被我們吵起來的他滿臉不悅，頭上還戴著一頂可笑的破睡帽。他說這個時辰廚師也還沒起床，叫我們自己處理，整個廚房隨便我們使用。

不愧是只供應女兒紅跟烤牛肉的客棧，翻遍整個廚房除了酒跟牛肉也找不著別的東西。

楚明也了得，到後院去磨磨蹭蹭一陣，竟然摘了一小盆草回來，說是可以作菜。

老太太我本來想幫楚明起火燒柴，楚明卻委婉的把我請出廚房，要我好好等著，別沒事把人家廚房燒了。我想他應該是說老太太我位高權重不適合燒柴，絕對沒有暗指老太太我很愛闖禍的意思。

在外面坐了一陣子，面對空盪盪的大廳，老太太我實在覺得無聊，又跑回了廚房，此時，楚明正在片牛肉，手起刀落，牛肉片薄得像片紙。他一看到我走進了廚房就皺起眉頭。

「娘，妳怎麼又進來了，不是叫妳出去等嗎？」

「娘一個人很寂寞，讓娘在裡面陪陪你吧！」說著，我搬張凳子就喜孜孜的坐在楚明後面看著他料理。

楚明處理國事明快俐落，連作菜也是一樣，動作流暢不拖泥帶水，把不知名的草細細的切整齊。老太太我湊上去看，乖乖，每個都一樣大小。

「不過話說回來，你這孩子是什麼時候學會作菜的，為娘的都沒注意到。」好像某天這孩子就突然學會了一樣，甜點做得尤其好。

水滾了，楚明把切細的不知名草丟入，加入一些酒又蓋上鍋蓋，整個廚房內香得不得了。

「娘不是說要未雨綢繆，除了處理國事以外總要有第二專長，妳忘了嗎？」

楚明這麼一說，老太太我才想起來。

當年楚明是所有兒子中最難搞定的，表面上和我和平相處，其實內心冷淡得很。

老太太我在幫他選座右銘的時候傷透了腦筋，不知道怎麼選擇才好，最後千辛萬苦想破頭才挑到了一個，想找個好日子告訴楚明，偏偏楚明忙得很。

「楚明，娘有話跟你說。很重要的話。」

「娘，我最近很忙，下次說好嗎？」

「喔好……」

「楚明，今天有空了吧！娘真的有很重要的話要告訴你。」

「這會南方有水患，我需要處理一下，下次說好嗎？」

「楚明……」

「這次是秋後處決……」

最後他忙到三天不回家吃飯，把老太太我氣炸了。天大地大，吃飯更大，尤其是跟家人吃飯；現在只是不跟家人吃飯，要不了多久就會拋家棄子；勿以惡小而為之。於是我便氣沖沖的跑去教訓了楚明一頓。

「你要知道，臣子如棋子，不管你再怎麼替國君賣命，君王不會因此感念你，必要時依舊會犧牲掉你，你怎麼就是不明白？除了處理政事以外你你一無是處，小心老了就沒人要你。」

我指著楚明的鼻子痛罵，他從公事文件中抬起頭來，一臉愕然。

「娘……」

「對！娘就是要告訴你，不可以把雞蛋放在同一個籃子裡，摔破了怎麼辦？你一定要有第二專長，哪一天君王不要你的時候可以發揮所長活下去，哪天楚府被抄家時你還能養活娘而不至於變成一個廢柴……」我喘了口氣，又繼續說道。

「所以，娘要告訴你的是，人應該要未雨綢繆！」

後來想想，覺得未雨綢繆這個座右銘好像也不錯，但是花錦城的工匠太過高效率，先前想好的那個座右銘匾額已經刻好送來，於是我就要求工匠在匾額一角刻上未雨綢繆的小字，掛在楚明的書房中。

這兒子擁有兩句人生箴言，果然是把大榮國治理得井井有條。

「這麼說，你以後打算以這個作副業？」

「娘覺得不好嗎？」楚明含笑轉過頭來反問道。

此時他已經把薄牛肉片貼在了碗上，舉起一勺熱湯淋了下去，燙熟的牛肉片浮了起來，呈現好看的粉紅色，香得不得了，連店小二都揉著眼跑進廚房。

「好，當然好，如果你開一間甜點店，娘一定天天光顧。」

楚明低笑一聲，把碗遞到我面前。

「娘嚐嚐湯可夠味了？」

牛肉湯滋味清淡好入口，還帶著淡淡的酒香，要是有米加在裡頭煮成一碗粥，是最適合早上用的餐點。

「好喝，果然不愧是我兒子。」我抬起頭，給他大大的讚賞，楚明也笑了。

「如果我真的開一間甜點店，我希望娘當的是老闆娘而不是客人呢！」

「當老闆娘也可以天天吃甜點嗎？」

「而且不用付錢。」

「那老闆的娘呢？」

「……」

「那我當老闆的娘就好了，老闆娘你留給別人當！」聽到大廳傳來楚翊跟楚軍的交談聲，我歡呼一聲，蹦蹦跳跳跑了出去。

＊＊＊

「吃了這麼多天的肉，能喝碗湯真是不錯。」我揮著調羹嘖嘖有聲的喝著。一家人圍了一桌子喝湯，讓人心暖了起來。

「大哥的手藝真不錯，以後不當丞相也有事業第二春。」楚翊笑嘻嘻的，硬是擠在我身邊喝湯。看他的臉龐粉嫩粉嫩的，老太太我忍不住捏了一把。楚翊笑得更燦爛，好像條小狗一樣把臉往老太太手上蹭。

「娘多摸一點嘛！」

這要求是有點奇怪，不過為娘的很難拒絕可愛兒子的要求，放下碗用兩手捏著他的腮幫子，把他捏成大餅臉，自己呵呵笑起來。

兒子嘛！就是拿來摸摸碰碰玩玩的！

「呵呵～我們小翊變成這樣還是好可愛～～」

才正說著，楚翊就被人拎起來，四腳懸空的被提到另一邊。我往上一看，乖乖，是楚軍，黑著一張臉好像惡鬼，把為娘的嚇得往後一縮。

「楚軍！有話慢慢說！」聽說這年紀的孩子血氣方剛。離開大榮國這麼多天，無法操練士兵與他人練武，這會兒不會是技癢難耐想找自己弟弟開刀吧？

一想到這，老太太我大驚失色，立刻飛身而出一把摟住楚軍的腰，哇哇大叫起來。

「就算楚翊武功只屈居你之下，可技癢難耐也不該找自己的弟弟開刀。你不想想自己是非人物種。娘平時是怎麼教導你的，要兄友弟恭友愛手足……」

「二哥，別以為身材好就能贏我！」楚翊躬身抬腿一踢，楚軍護著老太太我立刻鬆手退開數步，楚翊在空中旋了一圈，便像隻猴子那樣輕盈落地。

這情況變得太快，老太太我張著嘴始終不能理解。

「吃早飯的時候摟摟抱抱，成何體統。」楚軍冷冷回應，一旋身讓老太太我坐在了他的右臂上，接著一心二用，以左手化解楚翊的攻勢。

「不可以打架……」不過……這……兒子們是在玩還是在打架啊！老太太我看了半晌，也找不出打架的原因，會不會是他們兩個想要促進感情？聽說男孩之間最近很流行用拳頭交友，互毆一陣後就會變成好朋友。那兒子們互毆完感情會變得更好嗎？

我求救的看向楚明，他坐在原位，八風吹不動，冷靜的喝湯吃肉。

「娘，小心！」楚軍把我的頭壓在他的肩上，楚翊一記掃腿險險從頭上掠過，我嚇一跳，連忙抱住楚軍的脖子。

這兒子互毆促進感情，何苦把為娘的放在中間呢？我心中不滿，此時聽見桌邊楚殷跟楚明的對話。
「大哥，你不去阻止二哥跟小弟嗎？」
「我們阻止得了嗎？」
「也是。」
「那四弟你怎麼不去阻止一下？」
「我這個造型早上準備很久，不想弄亂。」
「哦？是這個原因嗎？我還以為你也是看某人不爽很久了。」
「呵呵……我聽不懂大哥你在說什麼，某人是誰？」
「不重要，聽聽就算了。」
這段對話聽得老太太我莫名其妙，回過神來發現楚軍跟楚翊兩人都已經停下動作。楚翊氣喘吁吁的瞪著楚軍，楚軍額頭上滲出一點薄汗，氣息卻仍然綿長安穩，高下立分。
楚翊喘了一陣，氣呼呼的站起身來。

「不打了。」他抬袖抹了抹臉，一臉忿忿不平。

「再打下去只是二哥便宜越占越多。以大欺小，二哥好不要臉。」

「不要臉占便宜的人是誰，小弟說話可要公道。」楚殷涼涼插嘴。

楚翊氣呼呼的朝他橫去一眼，再次入座。

楚軍聳聳肩，抱著老太太我回到桌邊，於是桌上又恢復寧靜。

吃過早飯，眾人忙著打包行李，我被扔在走廊上，與行李們乖乖的等待著。

雪一停，本來被困在客棧的客人全都急著離開，之前才被楚軍教訓過的臭酸菜軍團絲毫沒有記取教訓，大聲嚷嚷的穿過大廳就要離去，卻被店小二擋在門前。

「各位請留步。」

「幹嘛？竟然敢阻擋大爺我的去路？」

「各位的房錢還沒有結清，如果就這樣放你們走了，我們掌櫃的會生氣。」

「哦？掌櫃的生氣又怎麼樣？如果你不讓開，大爺我就要生氣了。」

「如果大爺您堅持沒付房錢就走出這個門，一定會有報應臨頭。」

「哦？報應？大爺我好怕，拜託快來道雷打我。怎麼？天上連雷聲都沒有，報應這種鬼話，哼！無稽之談。」說著，張嘴一笑，大嘴前面的牙全沒了。他將店小二用力推到一旁，店小二跌倒在地上還滾了兩圈離臭酸菜軍團兩公尺遠。

那臭酸菜大爺用力一拉門，門外一片白晃晃的，原來不知何時，雪早已積了一層樓高，也難怪剛剛店小二始終沒開門。連聲慘叫都來不及，雪堆就乍然崩落衝進店裡，把門口那堆人全都淹沒。

「唉！我早說了會有報應不是嗎？也不打聽打聽我包打聽的名號，從來不空口白話，真是活該。」店小二拍了拍膝蓋站起來，在地上滾那麼多圈仍然毫髮無傷。

「凍死你們這些欠帳的。」

店小二一腳踩上那堆雪，不知道底下是埋了誰，發出一聲短短的慘叫。店小二看也不看一眼，拖著一把大鏟子繼續前進。

門口的餘雪鏟了乾淨，勉強作出一條通道可供人側身通過。

這一段比戲臺上的演出還好看，讓老太太我看得津津有味，跑下樓央求店小二讓我也踩踩那堆埋人的雪。

店小二很和善的指點我方位，我們一起在那團雪上蹦蹦跳跳，雪下發出連連慘叫，很像在彈奏某種樂器。

「真是的。娘別玩了。」

楚殷一臉無可奈何追下樓來，我衝他一笑，完全沒在怕，楚殷這孩子連責備人都像唱歌兒似的，好聽得不得了。

「我們一轉頭，妳就跑得沒了影子。」

「娘哪有，娘只是下來幫忙踩踩雪而已。」

楚殷看了看，皺起鼻頭。

「這雪下是之前追著娘跑的那群人嗎？」

「咦？小殷怎麼知道。」

「臭不可言。」楚殷說著，一腳踏上雪堆。我看他一腳踩得輕輕鬆鬆，下頭的人卻殺豬似的引吭高歌起來。

「啊——」

店小二走過來，對楚殷豎起大拇指。

「別玩了，差不多要出發了。」楚明遠遠朝我們說著。

楚殷點了點頭，拉著我的手要走，一轉身老太太我卻撞著一個人，忙不迭的道歉。

「很抱歉，您沒事吧？」

一抬頭是個慈眉善目的老師父，圓圓的臉，眼兒瞇成一彎弦月，很像在笑，暗黑色的布袍，手上拿著一個鐵缽，朝我擺擺手。

「不要緊，不要緊。」

這麼多天來，都不知道有個修道之人也困在客棧內。

往常老太太我三不五時就會到寺廟上香，主要是為了打發無聊，而且想讓花錦城內的人民欣賞我可愛的侍女們；每次上香時都有一群文人打扮成乞丐想親近我的侍女們，老太太我很愛看這光景。

至於上香嘛……那反而是順便的事情了，畢竟老太太我現在生活圓滿，六個兒子個個有成，無所求還拜什麼？

況且究竟人是為了安撫自己而創造了神，還真的是神創造了人？

我曾經仔細的思考過這個問題，那天下午都板著臉把眾人嚇得不輕，以為我顏面神經失調。

得知是為了這種問題而傷透腦筋，郝伯那天晚上肚子痛到沒法吃晚餐，他說這要笑斷他的腸子了。老太太我覺得臉上無光，就再也不思考這種深度問題。

這種問題，還是留給那些朝上的大學士思考吧！

但在這裡看見個出家人，竟然倍覺親切。我往懷內摸了摸；楚明剛剛才嚴厲禁止我亂發金豆子，我所有的金豆子都被他沒收了，摸來摸去只摸著幾錠碎銀，感覺到自己有點窮酸。秉持著誠心，老太太我還是把它投了進去。碎銀在缽內滾了一陣，發出清脆的聲響，那老師父愣了一下，把頭低了下去。

「多謝施主。」

「不客氣，為善最樂，不落人後。」今天的善已經很少了，不用道謝。

那老師父聽到回答，乍然抬起頭來，彎彎的眼張開，眼瞳上竟然覆蓋著一層霜似的眼白。

我倒抽一口氣，對這張臉有說不出的熟悉感。

「瀅瀅，看來妳過得很好。」

腦中好像有什麼轟的一聲被炸碎了，又重新組合起來。

「娘，怎麼了？」

楚殷的聲音從很遠、很遠的地方傳來。

老師父朝我拱拱手，擦身而過。在這冰天雪地的世界，他腳上竟然穿著一雙草鞋，踏過今早下的新雪，在雪地上印出一個又一個的腳印。

我是在什麼地方，什麼時候見過那個人？

第六章

是在哪裡，什麼時候，我卻怎麼想也想不起來。

「娘。」

不管怎麼努力回想，記憶卻都是模糊一片。從那模糊一片中出現了一些人的面孔，我想看清楚，拚命睜大眼，楚殷的臉龐乍然浮現。

「啊！」我嚇了一大跳，忙往後縮了縮。

楚殷正垂頭仔細盯著我瞧，剛回過神，我還不太能適應。

「小……小殷？」

「娘想什麼想得這麼入神？」楚殷蹙起眉，伸手來撥我額前的髮。因為沒有侍女們跟著，最近都是讓楚殷替我盤髮；這孩子有自己獨特的品味，想必也不會怎麼難看。

「沒……沒什麼……」我們已經駛離客棧好一段距離，凹凸不平的路面讓馬車有些顛簸，大家在車廂裡面左搖右晃的。

今天的隊伍是由楚軍楚明領頭，楚翊楚瑜押隊，剩下的人都坐車內。這馬車本來挺大的，一下擠進五個人，竟然也有點嫌窄。

「頭好暈，怎麼搞的，自從遇到夫人之後沒有一天清醒。」柳眉夜抱著頭，喃喃自語的抱怨，我平時都會安慰他兩句，今天因為心中有事，便只是沉默著。

「你一定是因為暈車；這路面不平你不習慣，喝了我特調的藥茶很快就會清醒了。」反而琦妙表現得很熱情，笑嘻嘻的勸著柳眉夜喝茶。

莫名看了琦妙端過去的茶一眼，慢條斯理的開口。

「妳要是再給那名少年喝迷魂散，他恐怕就要一睡不醒了。」

「你胡說，我有控制分量。」

「迷倒人的分量跟毒死人的分量，妳恐怕還需要加強。」

「你！」

「喔……頭好暈……」

「娘，要不要吃蜜胡桃？」楚殷一手拿著一盒胡桃，一手拿著一把精巧的胡桃鉗子，別過臉來問我。

「不想……吃一顆好了……」

楚殷從善如流，掐破了一顆給我吃。吃過以後覺得好吃，我又想吃一顆。

「再一顆。」

「還要。」

吃過五顆，小殷就不剝給我了。

「這東西傷嗓子，娘別吃多了。」

「那再吃一顆就好。」

楚殷好說話，於是又再掐了一顆，一邊掐一邊不經意的詢問。

「娘想什麼，想得這麼入神。」

楚殷這孩子說話款款柔語，實在讓人如沐春風。

「沒什麼，大人的事情小孩子不要管。」我雖然這樣回道，心中卻是七上八下，恨不得找個人來商量。老太太我是有煩惱不放心中的類型，可是這種煩惱即使說出口又有什麼用處，難道楚殷能到我腦海裡幫我找找記憶不成？

「但我看娘有什麼煩惱的樣子，說出來會比較舒服。娘知道我的口風最緊了，絕對不會告訴別人。」

「可是……」我一邊嚼著那顆蜜胡桃，一邊不住嘆氣。

「說說看，嗯？」楚殷一邊說著，一邊低下頭，從旁四十五度角俯看為娘。這動作把他迷人的程度增加百分之一百二，讓老太太我心跳漏了一拍。

「這……小殷，太近了一點……」我用右手推了推他，卻被反握住，文風推不動。

「娘比狐狸精還美，我當然要近一點欣賞。」

眼見這孩子越來越近，鼻尖都要貼在一起，老太太我忽然有種要被人當食物吃掉的錯覺，不住的往後縮了縮。

「師兄，你覺得他們母子是不是把我們當死人了？」

「師妹，妳想當的話師兄可以成全妳。」

「死你也不會先死我！」

琦妙大怒，伸手打翻了一整盒蜜胡桃。蜜胡桃在轎子內滾了一地。柳眉夜暈乎乎的站起身來，正好踩到一地的蜜胡桃滑倒，整個人就撲了過來，把坐在門邊的老太太我撞飛出去，摔撲在地上。

「唔……痛痛痛……」

「娘？怎麼了？」楚軍立刻跳下馬來扶起我。

而柳眉夜暈在地上沒人理會。

「娘沒事。奇怪……」摔落地面竟然不疼？我看了看，又摸了下地面才站起來。

「娘，發現什麼事了嗎？」

「這土，沒有結凍。」我又蹲下身摸了一把。

「沒有結凍？」楚明聽了我的話，也跟著蹲下身；這一摸，臉上立刻浮現疑惑。

以北蒼國的氣候而言，由於過度寒冷，因此許多土地都是永凍地層，越靠近北方凍住的時間越長，甚至聽說在最北方萬年不融的山頂就是麒麟的居所。

「不過距離幾十里的路程，客棧那裡還冰天雪地，王都附近竟然毫無積雪，這是怎麼回事？」楚翊也跳下馬來，一臉狐疑。

我被楚軍扶了起來，開始環顧四周。

我們正在前往王都的路上；王都在靠北方之地，氣候不見特別溫暖，土地卻沒有結凍，土表甚至鑽出幾朵嫩生生的小花，隨著冷風搖曳。

不管怎麼想，這答案都讓人費解。怎麼可能有氣候與地理反道而行？

眾人一片沉默，只有躺在地上半昏迷的柳眉夜發出低低的呻吟。此時，琦妙忽然飛身出車廂外，搗著半張臉。

「算你狠，給我走著瞧！」

接著人蹬蹬蹬的跑沒了影子。

莫名從馬車內探出頭，看了看我們後，又面無表情的縮回去。

「總之，我們還是先前往王都，說不定能在那裡找到答案。」

上車前，我回頭一看，見楚明蹲下身，掬了一把土放在帕子內收到懷裡，一臉若有所思。

＊　＊　＊

我們隊伍走得快，夜剛黑就抵達王都，一家人站在同一陣線，再次採取野蠻行動——用搶的。為此老太太我落了三滴淚，覺得我大榮楚家本是貴人，奈何作賊……

為了怕他們醒來，這次莫名還讓那些被搶的民眾聞了些百日醉，將他們藏在安全的地方，等他們醒來，我們也早就離開北蒼國。

到了客棧，梳洗整理花去不少時間。

楚明他們漏夜開作戰會議，老太太我雖然想加入，卻頻頻打瞌睡，最後被楚軍抱上床，隔天醒來房內只剩下莫名一個人。

「莫名？大家去哪裡了？」

「全都出去探聽楚風公子的消息。」莫名正在翻書，聽見我問話微微把書闔上，我看見上頭的書名《房中術大全》，估計是某種武功，沒想到莫名這人也頗為上進，時時不忘進修。

「柳眉夜那孩子也出去了？」我左瞧右看，就沒看見柳眉夜的身影。乖乖，他不是直喊頭暈嗎？

「師妹一走，他當然也就沒事了。」莫名聳聳肩，繼續翻書。

「哦？琦妙，對了，琦妙去哪裡了？怎麼還沒回來？」

「這回我下手重了些，她沒十天半個月不會回來了，也讓我耳根子好好清靜清靜。」

「你到底對琦妙做了什麼？」

莫名端起茶了抿了一口，清清淡淡朝我瞥來一眼。

「夫人想知道？」

「想。」古人說好奇心會殺死貓，但老太太我就算是動物也會是狐狸，絕對不是貓，沒在怕的。

「我這人最喜歡實事求是。」

「……什麼意思？」

「坐而言不如起而行。」

「你可以講人話嗎？」

「與其講給夫人聽，不如讓我在夫人臉上試試。」莫名對我笑得和善，卻讓人毛骨悚然。

「這是附贈的，不另收費。」

老太太我乾笑兩聲。

「不了，不了。」聽說不用錢就是最貴的，顯然這條例放在莫名身上沒錯。我連忙轉開視線，往窗外看去，不知何時飛來一隻黑色八哥，正歪著頭看我，見我一瞧牠，顯然有些興奮，撲著翅膀跳起來。

「狐狸精，狐狸精！」接著立刻展翅高飛，不見蹤影。

沒想到老太太我的名聲如此響亮，連飛禽走獸都知道。我讚嘆兩聲，轉過頭，莫名正在看茶杯中的葉片，看得很入神。

「對了，莫名，我從以前就有一個問題想要問你。」

莫名不吭氣，但我知道他在聽著。

「你也老大不小了，怎麼都不結婚？」

莫名也是，我家兒子們也是，不好直接詢問我家兒子們，乾脆從莫名這裡推敲這個年紀男孩子們的心思好了。

「夫人是想替我介紹對象？」

「沒有沒有，我只是想說參考一下……」

「既然只是給夫人參考，那我說與不說都對我的人生沒有影響，我不想浪費時間。」

這孩子比小風還要冷，嗚嗚嗚嗚——

「估計夫人會這麼問，是為了楚公子們對吧？」

沒想到莫名竟然會開金口，好心的為我指點迷津，老太太我立刻點頭如啄木鳥。

「對對對，我這為娘的真是不了解。想我是姑娘家的時候，十三歲就追著楚瑜要他娶我，滿腦子都想成親。你看看，楚明也都二十有二，每天都只會在朝廷裡面喝斥百官，我怕日久生情，要是他給我找個男媳婦怎麼辦？基本上老太太我不是性別歧視，只是我需要一點心理準備，偏偏這些孩子嘴都閉得像個蚌殼一樣。」

老太太我一口氣說完一大段話，口乾舌燥的灌下一杯茶。

「夫人十三歲的時候就開始追逐楚爺，是為什麼？」

「這跟那有什麼關係？」

「不回答就算了。」莫名轉過身去，似乎不打算再理我。

「當然可以回答，反正這也不是什麼稀奇事情，就是因為愛他。」人老了臉皮也厚，這種話說出口都不會害臊。

「那夫人有沒有想過，諸位公子心中可能有意中人？」

「對！這一點我當然想過。」老太太我一股熱血沖上心頭，跳到桌上捉著莫名的襟口。

「我是一個開明的娘親，我也鼓勵他們把自己喜歡的人帶回家來；我絕對能成為一個很好的婆婆，就算要照例潑媳婦茶我也會換成冷茶再潑；可是我的兒子們就是不願意成親，到現在連個影子都沒有。」

莫名翻了翻白眼。

「如果他們的意中人已經在府內了呢？」

此話一出，更是讓老太太我激動不已。

「是誰？為什麼你知道不告訴我，難道是春桃秋菊她們？」

「大概全府上下只有夫人不知道。」

「什麼？連郝伯也知道？」我還以為郝伯那廝最近老人痴呆，說出來的話都顛三倒四絕對不是語帶玄機。

「管家恐怕是最早發現的一個。」

「你快告訴我，是誰，是誰？」我拚命搖撼著莫名的襟口。

「如果他們有了意中人為什麼還不趕快娶進門。要知道愛情這種事情沒有先來後到，而是先搶先贏，就像我當初倒追楚瑜一樣。」

「可惜那個人不是他們能隨意下聘的人。」

「誰？」

莫名又看了看我，再次翻白眼。

「既然夫人親自到過南華國，自然知道著名的太后下嫁事件。」

「嗯，這故事在南華國可盛行了，要不知道都難。」

「妳想想這個故事，再套用到自己身上，差不多是那個意思。」

我吸氣——再吸氣——最後瞪大眼，手都發起抖來。

「夫人最近肝火太旺嗎？」

不管莫名的諷刺，老太太我的牙關不住打顫，當然不是因為太冷，而是因為——啊啊！嚇死我了！

「莫名，你這意思不會是我兒子他們喜歡鳳仙太后吧？」我瞪大眼，覺得這比有顆天命妖星來撞地平面還要可怕，要是鳳仙太后真來當我媳婦，跪在地上為我奉茶，老太太我大概想要五體投地趴到地上去。

我立刻皺起臉。我兒子們這個要求確實有點高，誰不好選，偏偏選上鳳仙太后。

莫名的眼角抽搐兩下。「夫人沒有因為這個故事的相似度而想到誰嗎？」

「有，鳳仙太后啊！我知道她真的是我們女輩中的豪傑，但要老太太我去說這個媒……好可怕……」就算鳳仙太后再疼我，說這種大逆不道的話感覺人頭不保。

「真為府中的各位公子感到不幸。」莫名深深一嘆，站起身來。

「我也覺得很不幸……」怎麼誰不好選，選鳳仙太后？但我身為娘親應該勇往直前，為了兒子們的幸福拚命，置個人生死於度外。

「夫人，我先去替妳準備要喝的藥。」

他欠身出門去，而我繼續拿拳抵著下巴靠在桌上沉思，可是外頭不知道是誰一直在放炮，吵雜聲接連打斷老太太我的思緒。

「客人，給您送午飯來了。」門外響起兩聲輕輕的敲門聲，是店小二。

今天起得晚，跟莫名聊一會兒就到了午膳時間。我慌忙把面紗繫上，才喊人進來。

「請進。」

「東西擱桌上就好。」我指了指桌子，挺直背脊雙手交疊在腿上，擺出一副神聖不可侵犯的凜然模樣。楚明指示我這麼做，可以省去不少麻煩。

那店小二放了東西打算離開，我連忙叫住他。

「對了，店小二。」

「是，請問夫人有什麼吩咐？」

「外頭為什麼這麼吵，你們這裡是不是治安不大好？」

「不是的，夫人，最近都是好日子，這附近人家可都忙著辦喜事。」

「那這附近是誰家在辦喜事？」

「是城東的慕容家跟城西的藍家。」

「慕容家？」老太太我怪叫一聲，把那店小二嚇得往後一蹦。

那不正是小風的娘家嗎？以前還曾經登門踏戶要把小風搶回去。現在真相大白了，他們一定是前次沒搶成，心有未甘，現在還來搶第二次。

好哇！原來是燈底下不明，照遠不照近，怎麼就沒想到楚風他娘的娘家是罪魁禍首。我氣呼呼的一擺手站到桌上，恨不得立刻飛身到慕容家去搶人。

「夫……夫人……請您冷靜……」

「兒子都被搶了，誰還冷靜得起來！」想我一個兒子養得漂漂亮亮水水噹噹，現在還是高級國師，隨便說句話都有人要膜拜他，慕容家倒好，招呼也不打一聲就把我兒子搶去。

「兒子？被搶？」

「你快說，那慕容家在哪裡？」我氣鼓鼓的跳上前，捉住店小二的衣領晃啊晃，店小二兩眼翻白，似乎正在練習如何上吊眼。

「別在這時候練習把眼睛吊起來，先告訴我！」

「夫人，您再晃下去，可能要多條無辜人命。」莫名正好回來，捧著藥茶站在門口。

「莫名！你來得正好，我知道小風在哪裡了！一定是慕容家的人把他搶走。以前沒得逞，現在又要搶一次！」

莫名走上前，先把那店小二從我手下拉開。店小二咳了半天，好不容易才順過氣來。

「慕容家……在城東三十一門處……只消出了店門往前走，約半里後右轉就能看見……」

我一聽完忙不迭的蹦起來，莫名卻一把將我按回座位上。

「莫名，你別阻止我，我要去把小風救回來。」

「我不管夫人要去哪，去之前要先把藥喝了。」

「太燙了，我回來再喝。」

「回來要喝三倍。」

「……這種時候你還想得到要喝藥，救兒如救火！」應該要讓我出去救小風然後順便不喝藥才對。

「天大地大都不比我的藥重要，夫人敢不喝，金針伺候。」

「莫名！乾杯！」

第七章

根據店小二的指示，老太太我罕見的沒有迷路。果然母愛是偉大的，可以激發出所有的潛力。

老太太我偷偷摸摸的在慕容府的外牆徘徊，眼巴巴的希望牆上突然凹陷一個洞，好讓老太太我順利走進去。

正要繞過轉角，忽然前面的小門開了。老太太我連忙躲到一株梧桐樹後，鬼鬼祟祟盯著門口瞧。

「大娘，就拜託妳了；我那嬤嬤雖然脾氣有些古怪，手藝卻是極好，我請她特別過來幫忙兩天，妳就多擔待一些。」

「行了，大娘知道怎麼做；自己路上小心。」

小姑娘向大娘欠了欠身，往路的另一頭走遠了。那大娘看她走遠了，也關上小門進府。

看來是老太太平時我有燒香，這會兒好運當頭了，忙不迭的就去敲門。

「誰啊？」

是剛剛的大娘來開門，看見老太太我的當兒一臉狐疑。

「妳是……」

「我是……她的嬤嬤……」

「咦？妳是虹兒的嬤嬤，是說這時間要來沒錯，不過看起來怎麼年輕了些……」

大娘的視線在老太太我身上游移。很久沒被人這樣盯著瞧，老太太我的老臉皮也有點害羞起來。

「什麼年輕，我大兒子都二十二了，您真會說話。」

「是嗎？」大娘有些懷疑，然後點了點頭讓我進門。

進門就是一個小天井，旁邊連接著廚房。不曉得是年久失修還是怎麼著，總覺得廚房看起來有些破舊，門上有不少破洞；門邊有一堆堆的雪，排列得很整齊，可能是北蒼國的人愛這麼布置吧。

「喝點熱茶吧！」大娘人很好，倒了杯茶給我。

我接過來抿了一口，嗯……不予置評，可能楚家的洗米水都比這個好喝；但我沒喝過洗米水就是了。

「既然進府，就可以把面紗摘下來了。」說著，她就伸手想摘下我的面紗。老太太我一驚，護著面紗往後退了兩步。

「不能摘……呃……這是個人興趣，摘了我沒辦法做事！古怪……呃對……因為我個性古怪，所以不能摘……」

「可是戴著面紗可能會不小心引上火苗，這樣可以做菜嗎？」

「行的行的。」行什麼老太太我自己都不知道，做菜這兩個字會寫會說就是不會做，在家有廚子出門有兒子，老太太我十指不沾陽春水。

「那妳應該知道……那個……關於這次支薪的部分，府內出的價碼可能只有……呃……這樣……」她比出三根手指，我在想是不是三百兩，我家廚子平時出借一次價碼就要一千兩，相比未免太便宜。

「可是慕容府不是大戶人家嗎？為什麼支的薪如此少？」

「呃……這實在有點難以啟齒，因為最近府內經濟有點拮据，再者妳的薪晌可能要欠一欠，等婚事辦完……」她沒說完，我就用高八度的聲音打斷她的話。

「是誰要成親？」

「哦，是我們的一位表小姐，要跟藍家當家成親。」

大娘這麼一說，我才想起剛剛店小二說的話，可是剛剛經過大門，半點喜慶的味道也沒有，忙著思考兒子到底在哪裡，也就忘了這件事。

「可是完全看不出來來要舉辦喜慶，沒有任何布置。」北蒼國尚白，成親的時候總是以白紗布置，鋪天蓋地，遠遠看過去就像一場七月雪。

「小姐說低調行事，藍家來迎娶的時候再公布。等到藍少爺迎娶了咱家的表小姐，一切問題都能迎刃而解了。」

我點了點頭。本來就聽說慕容家很低調神秘，沒想到低調成這樣，而且從這大娘的話聽起來，慕容府中的經濟狀況似乎不是很好；難道他們是打算綁架楚風來跟我們勒索贖金嗎？

正在沉思，廚房遠遠有人叫了一聲。

「啊！有人叫我了，妳先在這兒等等，等我處理完事情再來告訴妳要準備什麼。」說完，大娘忙不迭的走了。

老太太我乖乖在原地等了好一會，突然想起了，我並不是真的來幫傭的。

「啊！我又不是進來當廚子，我是來找兒子的……」趁四下無人，拔腿開溜。

慕容府中果然廣大，有大家族的氣派；但走了半天卻始終沒有見到任何一個人。一開始老太太我還閃閃躲躲，後來乾脆光明正大的逛了起來。

經過花園的時候發現了不少倒塌的樹木；池塘的水早已結凍；池塘邊裝飾的石頭東倒西歪的，最大顆的那塊石頭上還有個明顯的手印，手印小小的，看起來應該是女子的。老太太我看了半天，真覺得這花園的布置十分差勁，慕容家的人的品味似乎有些怪異，還好楚風完全沒有遺傳到這點。

「這裡嗎？」咦？空房？

「還是在這裡？」啊？又是空房？

「小風！娘來救你了！」呃……這房子還是沒有人住嗎？

老太太我一口氣連開了十幾間房，裡頭都空蕩蕩的，究竟是把小風藏到哪裡去了？

我蹲在門檻上，一手抵著下頷認真思考著，突然，手背傳來潮濕溫暖的感覺。

原來是老太太我太過專心，沒注意到一條瘦骨嶙峋的身影朝我靠近，直到被舔了下手背，才回過神來。我轉過頭來跟牠大眼瞪小眼。

「啊？小狗狗？」

那真是老太太我看過最瘦的黃狗，明明是長毛狗，卻瘦得連肋骨都清晰可見；一雙眼睛圓滾滾的，拚命的搖著尾巴。牠的個性相當溫馴，被摸了兩下頭就纏著撒嬌，發出嗚嗚的溫柔叫聲，把頭直往我手上蹭。

「好乖，好乖，如果有機會我一定會給你吃好東西，只是我現在在找兒子，沒有空陪你玩。」小黃狗很可愛；可是現在找兒子才要緊。我站起身，小黃狗在我身邊蹦啊蹦，繞著直打圈圈。

「你知道我兒子在哪裡嗎？」我歪著頭朝牠詢問，聽說狗有靈性，搞不好能替我帶路。

小黃狗看了我一眼，突然開始往前跑，我連忙追在後面。可是人老少運動，沒兩下就把小黃狗追丟，回過神來發現自己跑到一個不知名的地方。

「是不是到了交班的時間？」不遠處竟然有人交談的聲音，老太太我立刻躲起來偷聽。

眼前幾個侍衛在院落門口走來走去，不時聚集交談。

「那麼認真幹嘛，整整半年薪晌只發一半，難道以為我們喝水吃風就能飽嗎？」

「總是工作這麼多年，有點感情了；雖然小姐的個性是那麼奇怪，至少以前也沒有虧待過我們。」

「我才不管那麼多，沒錢多苦悶，吃的又是些難以下嚥的東西。」

「好好。要不我們去買范記的包子，幫你帶兩顆？」

「我要五顆。」

「作夢吧你！」

這群侍衛不是普通偷懶，雖然有六個人在看守，兩個人臨時脫隊去買包子、兩個人去上茅廁始終沒回來，剩下兩個人靠在牆邊睡著了，此時雪又下下來，他們兩人身上白茫茫一片；不愧是北蒼國人，天寒地凍的照樣睡得很熟。

有人看守就表示裡面有寶物或是重要的人物，搞不好楚風就在裡面。此時正好給了老太太我一個絕佳的機會。

老太太我躡手躡腳繞過熟睡的侍衛，來到門邊，一拉門竟然沒有鎖上，大喜過望，推門而入。

＊　＊　＊

一進房老太太我就有些失望。

房內點著淡淡的薰香；擺設十分女性化；桌上還有一對紅燭，可是沒有點燃；這不像是小風會被關押的屋子，倒像是新房。

「先前說到慕容府有婚事，難道我誤闖新娘房嗎？真倒楣……」我咕咕噥噥，想退出去已經來不及，一拉開門發現買包子跟上茅廁的侍衛都回來了，還順便把睡著的那兩位叫醒，變成退後不得，只能前進。

看來只能挾持新娘出去。沒想到我大榮楚家的前任當家夫人先是當了小偷，後又做出這種強盜所為，但實在是情勢所逼……

從桌上抄起那對紅燭，我摸索著往朝床鋪方向前進。床邊掛著北蒼國特有的月影紗，薄如無影，月光能進。此時，紗內人影朦朧；剛剛不見人影，顯然裡頭的人才睡醒來。

老太太我小心翼翼的湊過去，中途不小心跌倒，扯到了茶几，摔破了茶几上頭的一支翡翠玉如意。對方似乎毫無所覺，顯然聲音沒有太大。

「不要動。想要命就不要動。男的脫下戒指項鍊，女的脫下肚兜內褲……不對，我這不是搶劫，我只是希望妳安分聽話，不要大叫，否則我會做出什麼事情我自己也不知道。」說著，我把手中的長形物體往新娘脖子上一抵。

背對我的新娘愣了一下，突然輕笑起來。

「那麼，我是應該脫下戒指項鍊囉？」

「別說話，妳現在是肉票！」第一次做這種事情，老太太我的手不禁發抖起來。

新娘笑完，一指推開我抵在她脖子上的東西。

「娘，妳要拿支蠟燭去綁架誰？」

「誰是妳娘，我只有六個兒子，妳不要亂認……認……認……」

老太太我看著轉過來的「新娘」；雖然是女子裝束，但他臉上的清冷微笑，還有三不五時會讓為娘的我感覺冷颼颼的視線，這不正是……

「好不巧，我正是六個兒子之中的一個。」

我感動得老淚縱橫，飛身一撲。

「小風，娘想死你了！」

楚風穩穩把我抱個滿懷，我往楚風懷中蹭蹭。平時都嫌他體溫較冷，但這會兒自己手腳冰涼，反而覺得他真溫暖。楚風一手搭在我背上，輕輕拍撫。

果然還是兒子好……

「娘這一路過來，一定很辛苦吧！瞧妳的手都涼了。」

我抬起頭，嘴巴張得老大瞪著楚風。

「娘，蚊子要飛進去了。」他很體貼，替我把嘴巴合起來。此舉更讓老太太我驚訝。

「小風，你發燒了嗎？」我連忙半跪起身子，伸手摟著他的脖子，以頰邊感受他額際的體溫。以前小翊常常發燒，我都這樣幫他測量體溫的，楚瑜知道以後又讓小翊跪了祖宗祠堂三個月；可能祖宗顯靈，從此以後小翊都不發燒了。

「沒有。」

「那你是怎麼回事？」

楚風這孩子從小受慕容家的教育，對人的感情淡薄，很少會說出這麼體己的話：他如果能在你打了三天噴嚏以後察覺你感冒的事情就算是很關心了；在你發了七天高燒提朵花來床邊看望你那就是更不得了的事情了。

但今天他卻說出如此體貼的話，把老太太我嚇得不輕，肯定是被那幫人打壞腦袋。

「只是想關心娘一下，不行嗎？」他伸手握住老太太我的手，避免我往後摔落床下，順勢把我往被窩裡帶。他剛睡起，被窩溫暖盈香，我蹭了下，就不大想動，乖乖窩在他身邊。

「小風你怎麼會變成新娘？」好一會兒才想起這件事，我問道。仰頭一看，嘖嘖，果然是美得不可方物；他本身氣質就陰柔，完全不會讓人懷疑他是男兒假扮的。以前不知道有多少次我想讓小風穿女裝。

「娘不是一直想看我穿女裝嗎？」

「咳……那是過去……過去……」

「那剛剛在心中對我流口水的是誰？」

老太太我乾笑兩聲。

「是誰？是誰啊？」

楚風不答，只是微笑，拆開老太太我的髮髻撥散有些打結的髮尾。

「不對，小風，我們不該在這邊閒話家常才對！」我跳起來。

小風淡哼了聲，手下的動作還是沒停，靠著軟枕梳理老太太我的髮。

「不要玩了，小風！」給他兩下貓拳撥開他的手；老太太我是愛的教育，從來不嚴厲責打孩子。

「我們應該要趕快逃出去，否則你不知道要被嫁給哪個土寨主當壓寨夫人。」

「外面都是人，我沒武功，娘也沒有，我們兩個人要如何應付呢？」楚風閒閒說著，又開始梳弄我的髮。

「也對……但你為什麼會被抓走？抓你的又是些什麼人？」

楚風勾起一笑，往外頭看去。

「是慕容家的人。」

這句話讓老太太我直接從床上跳起來，下一刻又被楚風壓制回去。

「什麼？那群死纏爛打的傢伙，是不是又要強迫你回去接掌慕容家？慕容家是山窮水盡了嗎？整個家族幾千人挑不出一個好苗子，偏偏來搶我兒子？」兒子我養得漂漂亮亮，還當了國師，正是可以好好孝敬老太太我的年紀，看到別人碗裡有現成的肉竟然想要夾過去配？

老太太我會很優雅的用左手遮住右手，然後從掌後伸出一隻指頭，對著他們大喊少作夢。

「他們沒有希望我接掌慕容家。」楚風垂下眼睫。

「那是怎樣？」

「他們希望我去成親。」

沒想到竟然有人和我擁有同樣的目的，志同道合當然是朋友。

「小風你怎麼不早說，娘進門時都忘了帶個禮盒當見面禮，在你的娘家這麼失禮，娘好過意不去……」

「成親的對象是我娘當年沒結成的對象。」

「很好很好……咦？你說什麼？」

我娘當年沒結成的對象？他娘是女的，對象是男的，所以我家小風要成親的對象是個男人？直到小風又再度把我的下巴推回原位，老太太我才意識自己把一串口水流到了被單上。

「雖然娘沒有性別歧視……可是你真要跟個男人成親嗎？」

楚風一挑眉，往窗外瞟去。

「娘覺得依照我被人帶來的方式，以及外頭布置大量的侍衛看守，我是真的想要跟男人成親嗎？」

「說得也是。不行，那我們現在要趕快逃走！」我拉著小風就要下床，小風輕輕一拉又把為娘的拉回床上。看不出來這孩子手臂細細瘦瘦，也是個男人的力氣。

「娘要逃哪去？四處都是侍衛，妳一走出這個大門就會馬上被抓起來。」

他說得有道理；但總不能什麼也不做。

「那娘出去通知你大哥們，他們一定會來救我們的。」

「這可不成。」楚風抿一抿脣，竟然勾成一個若有似無的微笑。

「我總不能讓娘去冒險。」

哦！所以說有兒子最好；你瞧多貼心，娘替你死了都甘願。

「別亂想，娘會長命百歲的。」楚風一指點在我額上；我覺得他在下某種咒語，驚恐的往額上摸了摸，卻什麼都沒摸到。

「我倒是有一個方法。」

「什麼方法？」

「慕容家的人有一條鐵規則，一生只能有一個伴侶，成過親的人就不能二嫁二娶，不論男女；因此只要我先有了一生的伴侶，那麼誰也拿我沒辦法，娘……妳哭什麼……」

「娘……娘太感動了……」拿起袖口抹淚，再把溼答答的袖口還給楚風，他的眼角抽搐兩下，很慢的把袖口撥開。

「娘從來沒有想過……第一個說出要成親……成親這種話的人會是你。娘一直以為你會是六個兒子中最難解決的，大概從十七歲到七十歲都銷售不出去，只能當你玉潔冰清的國師……」

含著淚，對楚風亮盈盈一笑；終於可以升格當婆婆，娘實在太欣慰，欣慰到現在能上山下海捕捉妖魔鬼怪。

「娘，我從來不打算一生不婚。」

我連忙點頭如搗蒜。

「當然，當然。你看上哪家的姑娘，陳府的圓圓姑娘，還是周府的星星姑娘？又或者是太長府上的長孫姑娘也是不錯的選擇。」

「這些姑娘都不錯。」

哦！老太太我心花朵朵開，開成一座占地兩千坪的花園。

「那還遲疑什麼，回去下聘，馬上迎娶，不用等了。」正要下床又被拖回來，我惱怒的給這兒子一眼，不要妨礙娘的計畫好嗎？

「娘，現在這情況，除非妳是隻鴿子能飛回花錦城去，否則哪能找到這些姑娘？況且現在十萬火急，恐怕等這些姑娘來了，我也被迫成親了；慕容家的人一生不二娶，妳忘了嗎？」

「對耶！那現在怎麼辦？」

「為今之計，只能讓他們覺得我已成親，生米煮成熟飯。」

「好好。」窮則變變則通，這商場上的道理老太太我能理解。「但要上哪找個姑娘與你成親？」問題是，主角在哪？

「遠在天邊近在眼前。」

「什麼地方叫做遠在天邊近在眼前，這是地名嗎？」

楚風聳聳肩，握住我的手，再拉出我的食指，指向老太太我。

「哦~早說嘛！原來是遠在天邊近在眼……」老太太我霎時沒了聲音，這太震撼，無言以對。

「只好委曲娘一下。」

我目瞪口呆，看著楚風的臉，怎麼覺得這笑中有一點狡黠的成分？

第八章

這簡直是南華國太后下嫁的翻版。

「不行！不行！說什麼也不行！你這孩子胡說什麼，我是你娘，這世界哪有兒子娶娘這種事情。」我連連揮手，什麼時候這孩子的道德觀扭曲成這樣，等我們回到花錦城一定要逼他把《倫理》此書再熟讀一遍。

「此親非親。娘跟我沒有任何血緣關係；況且我在慕容家的祖譜上有名，慕容家寫我從母姓，以慕容家的規矩而言，娘確實能跟我成親。」

似乎是這麼一回事。以前楚風確實叫作慕容風，他娘就生了他這麼一個兒子，於是楚瑜就答應慕容家的要求，讓這孩子從母姓，但自從我拿把刀把慕容家人趕出花錦城之後，我大筆一揮楚風就從了楚家的姓。

還是我自己改的，差點忘記。

「但是……還是不行，我是你娘！」

「娘，這只是演戲，要讓我們脫離這個困境；只要讓他們以為我已經成親，我就失去價值，他們得放我走；再不然這樣的情況多少也會引起混亂，我們可以藉機溜走。」

我皺眉深思，在房內走來走去意圖把地板磨平。楚風半靠在床柱邊，姿態閒散。

「……還是不成……」不管怎麼說，嫁給兒子也太奇怪，就算是演戲，老太太我在戲臺上也沒看過這麼荒謬的戲，所以，我不會演。

「娘不需要演，只要輕輕鬆鬆躺著就好。」

什麼意思？

「待會兒再跟娘解釋；但如果娘不答應，我也只好等時辰一到，上轎真的嫁給對方。聽說對方是個大我一倍歲數有餘的男人，當年沒娶到我娘異常憤怒，如果真進了對方家中，恐怕以後就不能常常回家看娘……」楚風咬住唇，眼中的水光似乎若有似無的。

這讓老太太我的心軟得跟爛泥巴一樣。我飛身撲過去，摟著他的頭讓他靠在我的胸口上。熱血突然上湧，想起了過往的種種，為了守護自己的孩子，為娘的什麼都願意做。

「別哭！不哭啊！你是好孩子！放心，娘不會讓你嫁過去，想把我家唯一的女兒……咳……娘是說像女兒的兒子娶過去，也要先過娘這關。」

楚風抬起頭，對娘我露出一個好美的微笑，這笑像極了我以前在書房內偷看到楚風他娘的肖像畫，我當下就愛上那張畫，三天捧著畫不肯放手，楚瑜拿我沒轍，只好由著我去。

「好，那你說現在要怎麼做？哇……痛痛痛……小風你做什麼？」抱著壯士斷腕的心情，假裝自己在主演一齣沒人演過的戲就好；只是左手無名指一陣刺痛，我低頭一看，鮮血汩汩流出。

楚風看著我；敢情他手上那支細細的銀針就是罪魁禍首？給娘馬上扔掉！

我正要吸吮自己的手指頭拿口水療傷，卻被楚風制止。

「這是必要的，一會兒就不疼了。」

他說著，扯開自己左邊的領口，露出一片白皙平坦的胸膛，要老太太我是嬌羞的閨女肯定要別過頭去，但這會兒是自己的兒子，沒要緊，順便替兒子檢查檢查身上有沒有長些什麼醜陋的胎記，回去叫莫名除掉，否則就糟蹋這一身好肌膚。

楚風拉著我的手慢慢往前，最後點在他心口的位置上。指尖的血沒順著他的胸口流下，而像被皮膚吸收一樣，慢慢的鑽進他的體內，好像一條紅色的蛇棲息在他瑩白的肌膚下。

「好了。」楚風滿意一笑。大概是為了能成功擺脫這樁恐怖婚事而笑，老太太我也不甚在意。

「接下來輪到娘。」

「嗄？」我還沒搞清楚怎麼回事，就發現自己被人按在被子內；楚風撐在我上方，一手已經摸上老太太我胸前的盤扣。

「小……小風……你要做什麼？」

「這是慕容家婚儀中的一部分，娘別怕。」

但我的別怕只持續了三秒，又顫著聲繼續詢問。

「那你……那你幹嘛碰娘的肚兜……」

他給我燦爛一笑。

「替娘脫衣服啊！」

無語。於是我只好又繼續盯著楚風的動作。這年頭娘親難當，還要為兒子的婚事脫下自己的衣服，回去以後我一定要寫本《母難大全》讓全大榮國的人知道這件事情。

不過楚風其實只是把老太太我的衣裳撥開少許，露出半邊的肩膀，他依樣畫葫蘆用銀針在自己左手無名指上刺下，然後按在我的心口上。血液滲入肌膚後的那種感覺奇妙得讓人難以形容，又暖又涼。

血蛇在肌膚下盤旋幾圈，終是停止不動。

我想應該已經完成了儀式；但楚風似乎看著那條蛇看上了癮，在我上頭完全沒有起來的意思，老太太我也不好直接起身。

「小……小風……娘想起來了……」

楚風不置可否，絲毫不動。

「你不動，娘怎麼起來？」

「我挪了。」

「你哪有挪？」

「我挪了一毫米。」

我咳兩聲；覺得這孩子今天真的有些古怪，平時他不跟我開這些冷到極點的玩笑，說一是一說二是二。

「那麻煩你再多挪一點，娘想起來……」楚風的掌無預警的摸到老太太我臉上。他的手不算大，好像在檢視五官一樣，來回輕撫。

「你這孩子是怎麼了，娘的長相你又不是不知道。」

「瀅瀅。」

我皺起眉。

「要叫娘。」

他不理我。

「瀅瀅。」

「我是你娘！」

楚風看著我，眼眸閃爍，似乎明白為娘的我對他這不尊敬的稱呼有些動氣，我估計他下一刻就會跟我道歉，我也準備好要寬宏大量的原諒他。

「我們現在在演戲；瀅瀅，既已成親，我自然不能喊妳娘，這樣不是讓人一眼識破？」

這孩子說得也有理。

「所以娘也不能叫我小風。」

「那……風兒？」

「妳覺得好嗎？」

似乎不大好……

「那有什麼建議沒有？」我想了半天，實在沒有想出一個好稱呼，要我喊小風相公什麼的老太太我實在喊不出口。

「不如娘喊我的名。」

楚風？

「一個字。」

一個字，是會有多難，我點了點頭，張口就喚。

「轟……呃……好像不大對……翁……轟……庸……嗚……」

怪得很，怎麼都發不出那個字，且越說越奇怪，最後好像舌頭打結了；我不解為何會如此難以喚出口，皺眉糾結思索半天，抬頭才發現楚風正瞧著我，忽然失笑一嘆。

「真是……爹好矛盾。」

「什麼？」

他伸手拍了拍我的頰，臉上的表情柔和不少。

「沒什麼，娘既然說不出來，那就喊我全名吧！」

「楚風。」咦？這下倒很容易。

砰的一聲有人開了門。冷風灌進屋來有點冷，我裸露的半邊肩膀不自主的一縮；但又想看看在門口的人是誰，卻苦於楚風在我上頭，我只好把頭往後仰，這才看個仔細。

門口的女子視線看向我們時，立刻倒抽一口氣。

「你們！這是在做什麼？」

那女子臉色鐵青，容貌竟然生得跟小風有七八分相像，但年紀稍大，看起來五官也沒我家小風細緻。老太太我把她從頭到腳掃了一圈，判定她出局，這種條件不般配我家小風。

「你們，這是在做什麼？」

她嗓音顫抖，好像喘不過氣。

相較於對方震驚的態度，小風果然不負我大榮國國師的身分，悠然自得。他垂下頭，在老太太我耳邊輕聲囑咐一句。

「娘乖乖的，別亂動。」

這就是所謂輕輕鬆鬆躺著嗎？為娘的自然樂意，三秒鐘內讓娘睡著都行。小風瞧我一眼，莞爾一笑。

「但別睡了，演得正精彩，娘卻睡過去多可惜。」

說罷，小風抬起頭，語氣不緊不慢，好像一首曲子。

「這裡看見的，還不夠清楚嗎？」

「對，還不夠清楚嗎？」其實老太太我根本就不懂他們究竟是在說些什麼，但我怕兒子勢單力薄，趕快幫腔；看不見那女人的臉，只聽見她一聲抽氣聲。

「這個女人，是哪裡來的狐狸精？把我堂堂慕容家的嫡親傳人玷汙了！」

狐狸精？差點忘了老太太我還有這麼一個長處。

狐狸精這詞兒我很熟，知道身為一個狐狸精要怎麼演出，我投給小風自信的一笑，他愣了一愣。

「看為娘的表現給你看。」

戲臺上的狐狸精有三大守則，其一，說話嬌聲膩氣。

「嗯……是誰打擾我們兩個？」

其二，要狐顏媚色。

我伸出手，將小風一推，撐起半個身子。楚風也很配合讓出空位。這撐起身子的動作恰好讓老太太我本來裸露半肩的外衣滑得更開，立刻又有好幾聲抽氣聲。楚風默默伸手過來替我拉好外衣，我感激朝他一笑。

這年頭，兒子還會擔心我著涼，真是貼心。

「我才要問，妳是楚風的誰？」

偏過身；有人說轉頭四十五度角若隱若現最美，老太太我是不大懂，但楚瑜以前常要我擺這個讓他姿勢作畫，記得跟鳳仙太后談到的時候，她嘖嘖有聲的說這楚瑜肯定性無能，怎不讓我脫光了畫。

就不知道這人脫光了有啥好畫。人體都是同一種顏色，不比五顏六色的衣裳來得好看。

「狐狸……狐狸精……」

人群裡頭有其他人抖著嗓子喊出這句話。

「我認得妳，妳就是當年那個女人！」

老太太我這輩子有兩種人記得特別清楚，一種是欠我錢的人，一種是想搶走我兒子的人，而這嗓音恰好是後者，我瞇起眼，立刻轉過身。

「你這傢伙。」

那女子身後跟著的幾個白衣人中，我看見好幾個熟面孔，都是當初想在楚瑜喪禮上強搶楚風回慕容家的人。

「我非要砍死你不可！」搶過一次還不夠，還想搶第二次，這次銀谷龍皇刀不在身邊，幸好我還有剛剛使用過的蠟燭，一把抓在手上殺氣騰騰。

「再過來一步，我就跟你們沒完。」

眾人沉默，視線落在我手上的蠟燭。楚風默默從後頭伸手過來，把我的蠟燭拿走。

「瀅瀅，別玩了。」

「我認得這女人。姑姑，這女人是楚家的夫人！」

帶頭的女子倒抽一口氣，朝我渾身上下掠過一眼。

「難怪人人都說當年楚瑜娶了一個狐狸精。」

「但她明明是楚家夫人，為什麼現在又跟公子扯在一起？」後頭的人一喊，所有人立刻朝我怒目相視。

對了，狐狸精的第三守則，就是一個徹頭徹尾的大反派。老太太我不服輸，立刻挽起楚風的手。

「怎樣？南華國的太后能下嫁當王后，怎麼我楚瀅瀅就不能改嫁自己的兒子？這世界人人生而平等，你們給我一個不能的理由？」

「三綱五常妳是不知道嗎？虧花錦城中人人都說楚家夫人才貌兼得，竟然連基本的倫理都不知道！」

「妳說得也有道理，我決定回去以後會叫小風把《倫理》抄寫一百次……」

「咳……瀅瀅！」

「嗄？不對，我說錯了，三綱五常也是人寫的，我家楚風貴為國師，隨便添個幾筆就能更改，有什麼好擔心？況且有南華國太后先例在前，且我大榮國向來民風開放，想必不會介意。」

「嗚嗚！但為娘的很介意……」

那女子被我三言兩語搶白，顯然惱怒得很。

「我真不敢相信，姐姐嫁的人，竟然娶了一個這樣的後妻！」

老太太我眨眨眼；這番話我要先消化一下。假使她姐姐嫁的人是一個未知數，這個未知數又娶了我，那麼以此回推，此未知數就是楚瑜；那麼楚瑜又娶過她姐姐，她又長得很像她姐姐，她姐姐又是慕容家的人。

噹噹！答案揭曉。

「啊！原來是楚風的小阿姨。」

我連忙轉過去訓斥。「你這孩子真沒禮貌，見到阿姨都不會喊人的，娘平時教你的禮貌去哪裡了？」別人可以對我們無禮，但我們身為楚家人一定要有禮貌，口蜜腹劍一直是我對每個孩子的教誨。

「我才不需要妳要風兒叫我阿姨，要不是妳妖言蠱惑，這孩子怎麼會不聽我的話？」

我皺起眉，覺得這番話說得沒半點道理。

「但我畢竟是他娘，這點做人的禮貌為娘的一定要教導他。妳不姓楚，只是小風的阿姨，在他人眼中是不相干的外人，所以不會有人因為他的無禮而責怪妳，但他人卻會因為小風的言行舉止不佳責備身為母親的我。」

說到這裡，我雙手叉腰，氣鼓鼓的對她吼道。

「我在教小孩，妳不要插手。」

不知道有六個兒子很難教嗎？要教得個個出類拔萃很不容易，我這為娘的每日要看戲賞花喝茶吃點心同時苦思人生道理。

「看就知道妳沒養過兒子，才不懂得為娘的辛苦！」

「我沒兒子關妳什麼事！妳不也沒生！」

後頭一干白衣人看傻了眼；楚風自動自發坐到桌邊抽出架上一本書閱讀。我用眼角餘光偷瞄了一下，很好，這孩子在這種時候還懂得努力向上；不過那本書上面寫著《火辣小牡丹公主與長工秘史》，這到底是什麼樣的內容？

但娘現在忙著吵架，實在沒空去管書籍的內容，等會有空再陪兒子一起看好了。

「我沒生，但我養了六個，每個都很優秀。妳呢？妳有什麼？叫妳的孩子們出來比一比。」這是我畢生最驕傲的事情，誰都不會輸。

我一吼出這句話，後頭一片譁然，白衣人們紛紛驚慌奔走。

「要爆發了要爆發了。」

「她戳到姑姑的痛處，快通知大家逃生。」

「救命啊！上週才修了圍牆的！」

「這房子還有五十年的貸銀，是跟藍家賒來的。」

她臉色又青又白，嘴唇發抖。

「妳……妳……妳竟然……妳膽敢……」

「我竟敢怎樣？」

我疑惑一問，那群白衣人不知何時統統躲到樹上以及石頭後；一個人頭上扛著水桶的白衣人探出個頭來朝我叫喊。

「還不快逃！」

「為什麼要逃？」

說時遲、那時快，下一瞬間我就知道為什麼要逃跑了，那女子伸出手摸上大門，大門就在她手下融化。這不是正常人的能力，而是一種超乎我們所能理解的神秘現象。

「哇啊啊啊——」

下一秒老太太我的雙腿就自己狂奔起來。那女子雙目赤紅、雙手成爪往我衝來，直把我追得滿屋子亂跑。

「小風！」

「嗯，瀅瀅。」

「這時候你還有心情喝茶？」沒見為娘的有難嗎？

「茶還不錯。」

我跳過一張圓椅子，回頭一看，烏木做的椅子已經溶解。

「妳竟敢……」

那模樣，竟然跟老太太我以前最怕的妖怪婆婆沒兩樣。

「不要啦——」這下可把我嚇得迸出眼淚，拿袖子抹淚到處亂跑。

「你這沒良心的孩子！」

……

跑了沒一會兒老太太我就氣喘吁吁的，果然運動過量是不好的，但後頭的人還在追著。

「她幹嘛一直追著我！我說錯什麼話了？」我揚聲詢問。

樹上的一個白衣人人好心的回答我。

「姑姑年過三十還未嫁，早已經是老閨女一個，她非常記恨別人問她關於結婚生子一事。」下一刻，那個好心的仁兄就摔下樹，因為樹幹硬生生被從中溶解。

「謝謝你的解釋，你人真好。」我輕巧的從他身上踩過去；屋內已經被摧毀得差不多，沒有什麼地方可以躲藏，只好跑到庭院裡來。

人雖然長得美，但脾氣這麼壞，還有奇怪的能力，難怪嫁不出去。

「那怎麼辦？有沒有辦法解決？」我跑完整個庭院一圈，又踩過那仁兄身上，他低低叫了一聲，不知道是不是因為太痛了。

「平時都是公子處理的。」

「公子？楚風？」

「沒錯，就是慕容風公子。」

「楚風還不快來救娘！」原來癥結在他身上，竟然對娘見死不救。

楚風慢悠悠的走到門口，視線跟著我們滿庭院轉，卻沒有開金口的打算。

「小風——」我尖叫起來，險險閃過一下攻擊。

「瀅瀅，還記得跟我的承諾？」

「要叫娘！」我跑得氣喘吁吁，不忘糾正他。

「那我要回去了。」

「等等等等！你這孩子是在彆扭什麼？」

「妳出爾反爾，說好要喊我的名字。」

什麼？就為了這種小事情跟娘鬥氣？

「演戲是一回事，先救娘要緊。」

「我覺得很重要。」

怎麼，這孩子的叛逆期早不來晚不來偏偏這時候來？

「我不想做妳兒子，瀅瀅。」

「你就是我兒子；是誰說你不是我兒子？」聽到這句話老太太我就怒氣沖沖，腳步又加快不少。

「難道你不當我兒子要當她兒子？別以為娘把你養這麼大是要讓你去孝順別人的。」

楚風失笑，站在原地手環胸。

「叫我的名字。」

「不要！你就是小風。」偶爾也要強硬一回，讓這些孩子知道誰是老大。小孩子是不能寵的，否則馬上就會爬到頭上來。

「夫人，妳就叫了吧！馬上就能結束這場災難。」躲在石頭後的白衣人也插嘴加入這團戰局。

「他是我兒子！」

「可是妳剛剛不是說……」

「睡在一起又沒怎樣；我跟小翊也一起睡過，這不算什麼！」

那票人又不說話了，只聽有人低低說了一句，「好淫亂的家庭。」

忙著吵架，沒注意前面有根枯木橫在路上，一不留神老太太我就被絆倒，往前摔去，落地之前卻剛好有陣風吹來，把我稍稍往上一托，落到地上連皮都沒擦破。

只是後面的災難就避不過，那女子已然妖魔化，瘋狂的朝我抓來。

啊！沒想到老太太我現在就要上西天。

「小阿姨。」

那女人霎時石化在原地，飛揚的頭髮落下，赤紅的雙目逐漸清明，然後又逐漸的紅起來。

下一瞬間她跪坐在地，掩面哭泣。

「嗚嗚……聽到這麼貼心的話，阿姨死也甘願……」

四面八方都傳來鬆一口氣的聲音。石頭後、大樹上的人紛紛探了出頭，連在地上被我踩了兩次的人也抬起頭來看一看，又旋即倒在地上一動不動。

我看她哭得可憐，又沒人安慰她，只好自己走了過去。

「好了好了，別哭了，老閨女……我是說……這又沒什麼大不了。」

「妳不懂啦！都是妳搶走他……我最討厭你們了……楚瑜先搶走我親愛的姐姐，現在妳又搶走我親愛的姪子，什麼楚家人，我最討厭了……」

敢情這只是個多年寂寞的黏人妹妹？

「來人，把她關起來。」

可惜我還沒能勸誡幾句，她就劈手朝我一指。我連忙轉頭高聲求救。

「小風——」

楚風站在那邊，擎著茶杯微笑。

「娘最近有牢獄之災，過了便好。」

我真的永遠不了解這孩子在想什麼……

第九章

這回沒被關在地牢裡，是被人軟禁在房內，有兩個老媽子看守我。

之前聽大娘說，府內經濟拮据，那時候還不知道究竟是有多麼拮据，這會兒倒是清清楚楚了。

舉例來說好了——

「我想要沐浴。」

「回夫人，沒有熱水，府內規定，非到嚴冬無供應熱水，即使嚴冬，也要入夜之後才有。」

「那……端些點心來。」

「回夫人，廚子跑了。」

「為什麼地上有個洞？」

「最近沒有銀子請工匠來修……」

雖說我是個囚犯身分，卻成天在慕容府中亂跑；根據這兩個老媽子的證詞，府內這半年內的薪水只發出一半，僕人個個苦不堪言，現在發起一個什麼事情都只做一半的活動：像是這兩個老媽子被命令來看守我，就真的只是看守著；但事情做一半，沒讓我足不出戶。

慕容府雖然大，但到處坑坑疤疤，好像無時無刻都有怪獸在破壞地表，剛進府內我還以為是什麼另類的藝術設計，現在我能夠想像是誰的傑作。

遠遠的有條細瘦的身影跑來，我立刻蹲下身招呼。

「來瘦，來。」

之前遇到的小黃狗，後來我才知道是府內養的。府內這樣拮据，狗也養得營養不良。聽說牠本名叫來福，但瘦到有水蛇腰的狗實在不常見，本來幫牠更名叫腰瘦，可腰瘦這名字有點不大好聽，遂替牠改名來瘦。

這名字比來福適合牠。

我摸了摸牠的頭，把昨晚剩下的冰凍餃子拿出來分牠。

這冰凍餃子的由來是這樣的——

因為北蒼國天寒地凍，柴火是必需品，但慕容府內必須撙節支出，廚師三天才能開一次伙，於是廚師就大量做好許多餃子，煮熟了晾在屋外，一下子就凍成冰凍的餃子，要食用的時候再拿到炭爐上烤烤，有點微熱就要吃，不能浪費炭火。

我第一次吃到這種餃子，只有外皮是溫的，內餡是冷的，吃起來喀嚓喀嚓有點像在咬冰塊，姑且當成冰品跟鹹食的結合也勉強吞得下去。

到現在我還沒能理解慕容家為什麼這麼窮，只知道我天天經過帳房前，都有一個禿頭男子拿劍站在前面，噴著口水大喊。

「不！這是我的錢，我是慕容家的帳房，不許你們搬空這個家。拿錢修了房子，下個月的貨銀就付不出來，你們不如一刀殺死我。」

「大人，你千萬要支撐住，你一死這個家的經濟會崩潰……」

「在它崩潰前我會先死。是哪個不長眼的又惹小姐生氣？明知道家中自從大小姐出嫁之後開銷大增，都是為了二小姐打爛的東西。」

我每次看見他都覺得他比上一次更憔悴一點。

是誰說有錢不一定快樂，我楚家就很愉快；而且就這情況看來，我覺得沒錢可能更不快樂……

來瘦吃得很快，狼吞虎嚥的。

「如果本夫人回楚家時可以帶你一起走，肯定會把你養得白白胖胖的。」多年來楚明他們兄弟一心不讓老太太我養任何寵物，都是莫名說些什麼呼吸道疾病巴啦巴啦的。

來瘦吃完以後，過來舔了我手心。

我摸了摸牠，此時正好聽見那頭傳來輕輕的交談。

「這種情況還要維持多久？我老家還等著我送銀子回去，可是偏偏慕容家卻發不出薪水。」

「別說妳，連我也想跳槽。一開始以為慕容家是大族才來當侍女的，沒想到進來以後才發現根本不是這麼一回事。現在打了契約，想走也不行。說什麼國師世家，哪有窮成這樣的……」

「噓——小聲點，別讓人聽去了。」

哦？但很不巧，老太太我已經聽見了。來瘦很乖巧的沒有吠叫，任我撫摸，圓滾滾的黑眼珠在我手上逡巡，似乎還想找出一條肉絲來。

「這也是我聽說的，等到婚禮過後，藍家會替慕容家清償所有債務，到時候慕容家又能恢復以往的榮景。」

「藍家當家也真奇怪，當年被悔了一次婚還不怕，堅持還是非慕容家的人不娶，真是痴心到了極點。」

「不知道二小姐哪裡找來一個表小姐，聽說長得和大小姐慕容茹月簡直一模一樣；大概是要彌補兩家的遺憾。」

「哪會有兩個人長得那麼相像。關於這件事情，我聽外頭的人傳言，那人肯定是慕容茹月的孩子；可是大家又都說慕容茹月只生了一個兒子，所以那個『表小姐』其實是是個男子，如果嫁過去後讓對方發現所謂的『表小姐』是個男人那就糟了？」

這一段話讓老太太我更是豎尖了耳朵，看來這府內的僕人對於那傳說中的「表小姐」其實是我家楚風這件事多半不知，像是離主府遠的廚房大娘就完全不知道，而這些侍女因為在家中伺候，多少會聽到一些風聲。

跟在慕容茹星身邊還有看守楚風的那些侍衛似乎都知道真相，雖然楚風做女裝打扮，他們仍然喊楚風公子，對於楚風是男兒身這件事顯然相當清楚。

忙著思考這問題，那兩個侍女還在繼續討論。

「別談了，到時候慕容家的下場大概是慘不忍睹。我們還是趕緊把衣裳收拾好，等慕容家一把積欠的薪水付清就離開吧！」

「說得有道理。」

聽了侍女這一番談話，老太太我終於想起來了，難怪那間君悅客棧讓老太太我覺得眼熟。

藍家在北方家底殷實，如同大榮國中的楚家一樣。

君悅客棧，可以算上是大陸上最火紅的客棧。

旅館業我楚家涉獵不多，藍家卻發跡甚早。這一代藍家當家從年輕時就開始接觸經營客棧，經營得有聲有色，客棧因此以現任當家的名字命名，大陸上武林中人凡是掛上一個俠字的都想入住這間客棧。

人家經營客棧，都是好菜好酒以及美人伺候；但這君悅客棧卻完全不同，不只店內的裝潢破破爛爛不說，最暢銷的招牌菜色十幾年來一直都是上等熟牛肉和女兒紅套餐。

曾經我也試著想要打入這塊市場；起先經營還可以，後來卻發現兩方成本差異太大，原因就是大俠們每天都很閒，太閒就要找架打，而且他們打架不是約一約到外頭去打，大多是在店內就直接打起來。

掀翻桌子再摔椅子然後火拚。

但因為大俠們都很窮，他們的錢似乎都拿去濟貧了，所以最後都只說了一句將來必定雙倍回報人就走了。老太太我當時連續三天換了六組桌椅，氣得嘴都歪了。

客棧的經營費用如流水，比不過藍家的策略，最後只能倖倖然的退出戰場。

而藍家以此為本業，更深入插手各國的礦業開採，因此巨富一方。

「唉——」我蹲在原地，手抵著下巴，長長的嘆出一口氣。

要是小風喜歡對方，娘是不拒絕他當個男媳婦，畢竟小風宜男宜女且與藍家門當戶對；但他那個性格，嘴不甜又冷冰冰，為娘的實在擔心他進門以後日子不會好過。

「堂堂楚家的夫人，竟然也做起偷聽這種偷雞摸狗的事情。」

我循聲看過去，見到一身白衣的女子，後來我才知道，原來她是慕容茹星，慕容茹月的妹妹，也就是楚風的親阿姨。

「妳好像很喜歡白色。」我看她每次出場都一身白。

她瞪我一眼，拍了拍自己的袖口。

「妳瞪著我的裙襬做啥？」

「我只是想告訴妳，剛剛來瘦在那邊上過廁所……」

「來瘦是誰？」

「這條黃狗。」我把來瘦往前推推，牠一臉無辜的嚎叫一聲。

慕容茹星抬起腳，看見上頭沾著臭味四溢的黃色不明物體，尖叫出聲。

「不要啊——」

正常人踩到黃金時的確會尖叫，接下來要嘛換雙新鞋，要嘛找清水清理。

但慕容茹星尖叫過後的反應卻是不太正常，彷彿像個不知所措的孩童，與剛剛板著臉的態度大相逕庭。

「嗚嗚……好髒哦……我該怎麼辦……」

顯然她的真性情不是那麼回事。

老太太我一邊安慰她，一邊牽著她到處尋找有水源的地方，終於找著一個沒完全結凍的小池塘讓她洗鞋，又哄又勸才讓她止住哭泣。

「妳這性格實在不適合當一家之主。」我癟癟嘴，實話實說。

慕容茹星聽到這句話，馬上嘴又癟起來，眼中淚光閃閃。

「我也不願意；可是姐姐不在之後，我必須要撐起這個家才行……」

慕容茹星倒是一個坦白的人。

原來的她是個無憂無慮成天只知道破壞的二小姐，反正天塌下來也有她那個萬能姐姐擋著，直到萬能姐姐出走離家。

「姐姐她是不一樣的人。」

平時我聽這些過往的故事都要搭配點心，可惜今天沒有。

「慕容家的人，只要有血緣關係，一出生都會有特殊能力。外人都傳說我們可以移山倒海，改變心智，探知未來，但其實這只是我們能力中的一小部分。」慕容茹星咬了咬唇。

我把帕子遞了過去，她擤一擤鼻涕後要還給我。

「謝謝，妳自己留著。」我拒絕她。

「一小部分是什麼意思，是說妳們慕容家還有更多不為人知的能力嗎？」

慕容茹星點了點頭，紅著眼眶繼續說。

「我們慕容家，雖然說有特殊能力，可是能力卻繁雜，是亂數而定，越接近嫡系的越容易有好的能力；但大部分能力是無用的。」

「譬如說？」

「我的三表姐，她的能力是當她笑時看到她的人會想哭，當她哭時看到她的人會想笑。而我的堂哥，他只要倒吊在一株樹上一天那株樹就會開一朵花。」

好……沒用的能力……

「可是姐姐卻是真的有能力的人，她能夠聽那聽不見的聲音，看那看不見的事情。以前她總是握著我的手告訴我，總有一天她要改變這個國家的未來。」

「北蒼國的未來？」

「對。我們北蒼國，一直是一個貧瘠的國家，國君忙著強兵，把人民所有的賦稅都拿去作為軍事用途，加上寒冬太長，把土都凍住了，植物一點也長不出來，導致人民貧窮又飢餓。」

聽著這句話，我突然渾身發冷。

「瀅瀅，我一直希望自己能夠幫助更多的人，如果有一天我為了天下的百姓而離開妳，妳一定要原諒我。」

楚瑜這個人，非常非常溫柔，雖然我知道他心中有我，但同時他心中也有天下千千萬萬受難的人。我爭不贏，也不想爭，因為我就是愛著這樣溫柔的他。他跟我說過的話，我一句都沒有忘懷。

「慕容家的人因為自身的特殊能力，我們很難與外人和平相處，但姐姐不一樣，她出得了朝廷、掌得了家務，所以她十二歲就開始掌家，她在的時候從來沒有發生過財務上的問題。」

「看來妳姐姐壓力很大。」我也曾經把一大家子扛在肩上，還好兒子們都很爭氣；但這一家族既跟世俗脫離，慕蓉茹星又性格軟弱，不諳財務，難怪慕容如月一離開慕容家就變成了現在這樣。

「但姐姐她拋下我們！」她憤然一喊，雙眼閃閃發光。

「如果不是她任性而為，現在家裡也不會變成這樣，都是她的錯，所以現在必須讓風兒他來還。」

我看著她的臉，忽然微笑起來。

「抱歉，我先兵後禮。」

「啪！」

慕容茹星的臉被我打過一邊去；她的左頰通紅，而我的右掌也腫起來，但我還嫌這下輕了點。

「不要只會想別人為妳做了什麼，而該想想妳為別人做了什麼。」

她撫著臉，愕然的轉過頭來，一臉不可置信。

「我跟妳說個故事吧！」

人老了，也許只剩下講古的用處。

我嘆了一口氣，望向遠方，剛好圍牆倒塌，可以望見府外的景色。

慕容府靠近城郊，府外是一片平原，半融的雪水在一片平坦的大地上形成一個又一個的大型水窪；陽光照耀下，熠熠生輝，美不勝收。

「曾經有個女孩，大家都說她受到了上天的眷顧，她嫁給了一個人人稱羨的男人，她很愛她的丈夫，可是她的丈夫卻在新婚夜出陣，三個月後，只傳來他的死訊。」我低頭一笑，卻發現有一滴水珠掉在手背上，怪怪，今天的雨水不是從天上落下，而是從眼中。

「她什麼都不知道，不知道落在自己身上是什麼樣的擔子，只顧著哭，什麼事也不做了，甚至還動了傻念頭，想著一死了之。」我的話語很平靜，靜得聽不出任何起伏。

「那關我什麼事，這故事跟我沒有關係。」慕容茹星一臉狐疑，揉著臉頰想要站起身來；我不管她，繼續將故事說了下去。

「後來有個人來見這個新喪的寡婦。」

「瀅瀅，妳這般躲在床上哭，有什麼用呢？」

「別管我。」

「妳是想說，這樣把眼睛哭瞎，把自己哭死，好來逃避這個事實嗎？」

「我沒有逃避，是他先扔下我；他說好會回來，他是個騙子！」摀著的棉被拉下，露出一雙通紅的眼。

「如果今天不是見妳有傷在身，哀家定會給妳一耳光。」

「……為什麼？」

「妳哭，是因為失去他，還是害怕面對即將來臨的現實？一味的把錯誤怪到回不來的人身上，那是最不負責任的作法。在他已經離開的現在，最記得他的人就是妳；不要只想著他該為妳做什麼，而是妳該為他做些什麼。」

話說到一半，我已經淚如泉湧偏偏才把帕子給了慕容茹星，只好拿袖口掩面，聲音都有些悶。

「去死很容易，面對現實很難。妳起來看看，現在這整個楚家的人都望著妳了；妳還有六個兒子，最小的不過十歲。妳別以為自己還是無憂無慮的十六歲，妳已經是為人娘親的身分，從今天開始，楚瑜無法再為這個家庭做到的事情，妳都要去做，甚至，要做得比他更好。」鳳仙太后把削好的雪梨放在床邊的托盤上。

我盯著那顆雪梨；想到楚瑜也會在我生病時，在床邊削一顆梨給我，又禁不住的哭。

「哭吧！哭了以後要長大；不要再為了死去的人哭泣，要去愛活著的人。」

我吸吸鼻子，爬出被子；床邊的人不知何時已經走了。

這一番話，也許是她的切身之痛，肺腑之言，她從一個備受疼愛的皇后一夕成了太后，保著自己兒子，扛著整個國家。

「郝伯！」我忽然揚聲一叫，郝伯應聲推門而入。

「是，夫人。」

「我要吃飯，吃很多飯；還有，把大夫叫來吧！」

回過神來，故事還在繼續。

「那時候起她明白一件事，只有沒有能力，不願意面對現實的人才去怪別人；妳曾經為妳姐姐做了什麼？妳說妳姐姐自私，拋下整個家族的人去追求幸福，這種責怪，只是因為你們沒有人能扛起這個家，每個人都想躲在別人的庇蔭下過著幸福的生活。」

慕容茹星的臉色一下變得僵硬，抿起唇不發一語。

「不是嗎？當時堅持要讓楚風回到慕容家，也只是想讓他來扛這份家業。到現在，妳仍然在逃避自己應該擔負的責任，不覺得自己有責任。」錯是別人的，對是自己的。

「我不是贊成妳姐姐的行為，我哪邊也沒站，只是告訴妳一句實話，妳雖虛長了幾歲，思想卻沒有一起長大。沒有勇氣離開現狀的人只能停留在現狀，那麼，妳應該想辦法讓現狀變得更好。」

來瘦嚎叫了一聲，不知道是同意還是反對。慕容茹星看牠一眼，什麼也沒說就走了。來瘦看了看我，又看了看慕容茹星，最後追著她屁顛屁顛的跑走。

直到她的身影消失，我坐下用手支著額，看見裙上的深色水漬逐漸擴大。

「娘既然傷心，何苦逼自己挖出這段往事。」

楚風從另一邊的樹後走出。我看了他一眼；怎麼最近大家都愛聽牆角？可是現在的我沒有力氣去責備他。

楚風坐到我身邊，把我的手握在掌中，冰涼的手立刻溫暖起來。

「活得夠糊塗，人偶爾也要清醒一回。」手暖了，我抽回來，楚風沒有阻止我。

「難得聽娘說這麼嚴肅持重的話，真不習慣。」

「娘真的很感謝鳳仙太后，如果沒有她這番話，也就沒有後來的楚家。」

當年聽聞楚瑜死訊，我不顧一切的跑到邊關，想要找回他，卻讓人口販子抓了，只剩一口氣回到楚家，躺在床上奄奄一息，藥食不進，鳳仙太后竟然鳳駕親臨。

「太后當時還說了一句話，剛剛我沒說出來。」

「是什麼？」楚風輕聲問著；幾片雪花無風自拂，在他周身飄動。

「鳳仙太后說，要做一個好女人，很難；要做一個偉大男人的好妻子，那是更難的。」

跟楚風在一起，空氣都好安靜，似乎連雪花落地的聲音都聽得見。

「瀅瀅，偉大的男人心在天下，不管他有多愛你，他們第一個愛的總是天下，才愛身邊的人。女人就不一樣，一個偉大的女人，通常是先愛上身邊的人，因為身邊的人，才去愛天下人。」

太后坐在我床邊，握著我的手，異常認真一字一句的說著。

「瀅瀅，楚瑜即使死了，也是死在前往他人生目標的路上，妳不需要傷心；但說不要傷心也是騙人騙己，但哭過以後還是要站起來！」

「可是娘到現在想起來，還是忍不住會哭。」我抹了抹眼淚，不想在兒子面前哭得太難看，卻控制不住。

即使現在一切都順遂了，兒子長大了，楚家根基穩固，心中卻始終空空的。

楚風不發一語，把我摟進懷裡，用他的披風一起把我罩住。

「娘很傻，我知道，不管看起來有多聰明，其實心裡都是傻的。」

我更是哭，眼淚掉到足以馬上瘦半斤。

「娘對不起你們；娘對不起你，害你要受這種罪。」

「有什麼好道歉的，這不是娘的錯，我心知肚明，我想大哥他們，也都心甘情願。」說到這裡，楚風低笑一聲。

「我們畢竟有爹的遺傳，連對女人的喜愛都一樣。」

這句我聽不懂；反正楚風說的話我常常聽不懂，也不差這一句。

「不過……小風……不是有人看守你嗎？你是怎麼出來的？」

「啊！對喔，我差點忘了，應該就快被請回去了吧！」楚風聳聳肩，不置可否，遠遠已經聽見侍衛鬼吼鬼叫的聲音，他朝我微笑，自得的往回走。

我抹了抹眼淚站起來，覺得很驕傲。瞧我這兒子，囚犯當得多自在！

第十章

「來瘦還真喜歡夫人。」當囚犯沒幾天，老太太我已經跟看守我的老媽子們打成一片，大概因為同樣都是長輩，比較有話聊。我身上沒有金豆子，只好摘了一枚鐲子讓她們拿去典當，天天加菜；來瘦也天天來我們這兒蹭飯吃，胖了一些。

「是嗎？」我呵呵笑著，把芥蘭牛肉夾到來瘦的盆內，一放到地上來瘦立刻狼吞虎嚥，又繼續睜著一雙圓滾滾的眼往桌上看，尾巴搖啊搖。

「春花幫夫人把這蟹肉剔出來。」

我點了點頭，笑咪咪的接受。這兩個老媽子還是一對姐妹，一個叫春花，一個叫春麗，兩個人都在慕容府當侍女當了二十幾年，春花今年還添了個外孫女。

北蒼國的人民第一眼見到都讓人感覺有些冷淡難以親近，但一旦聊開了……嘖嘖，比老太太我在大榮國養的那一院子麻雀還吵。

「不過話說回來，夫人您有六個兒子，半個都沒成親這怎麼行？不孝有三，無後為大，我的兒子十六歲就成親，十八歲就讓我當了奶奶。」

「我兒子也是，十七歲就替我添了對胖娃娃，不知道有多好玩。」春麗接口，樂呵呵的笑，一臉有孫子萬事足。

好玩的孫子……這句話聽得老太太我……羨慕忌妒恨啊……

「不過……總覺得我忘了一件很重要的事情。」我聳聳肩，又夾了一些牛肉到來瘦碗裡。這幾天過得安逸自在，卻老覺得自己忘了什麼，好像很重要，又好像不大重要，到底是什麼事情呢？

「夫人忘了什麼事嗎？」春花連忙湊過來。

「唔……既然想不起來，應該也不是什麼重要的事情啦！」我拿起調羹嚐著湯。北蒼國天冷，種出來的蘿蔔異常美味，這幾天都喝蘿蔔排骨湯，餐餐喝也不膩，直想把這蘿蔔帶回大榮國去。

「總覺得房內有點冷，暖爐是不是該添點炭了？」喝著喝著，總覺得身上有點發冷，估計是暖爐沒炭了。

「咦？不會吧！剛剛我才添過炭。」春麗忙去查看暖爐，一打開裡面炭火燒得通紅。

「夫人，妳瞧春花我都熱得發汗了，妳還嚷嚷冷；這裡可不比大榮國，北蒼國的氣候就是這樣，妳忍著點，過幾天就習慣了。」

「是嗎？」原來如此，我也不再深究，正要拿起一塊蜂蜜餅來吃，門突然被人撞開，轟然巨響，把老太太我嚇得失手打翻整盤餅，蜂蜜餅滿地亂滾，來瘦一邊叫著一邊到處追。

只見慕容茹星沉著一張臉，大踏步的走過來。

「怎……怎麼回事？一臉要來尋仇……」

「妳！跟我走！」

我看了看左邊，用手肘頂頂春花。

「叫妳啊……」

我看了看右邊，推了推春麗。

「叫妳吧……」

慕容茹星一抿唇，衝上前來，一把捉住——老太太我的手！

「哇啊啊啊——我不要融化——」我邊慘叫，邊被人拉著小跑步往前跑。慕容茹星腳程很快，老太太我都快飛在半空中了。

「吵死人了，妳不會融化啦！」

「騙人啊啊——咦？真的沒有融化耶！」難道老太太我也有了特殊能力，能夠抵抗慕容茹星嗎？

「只要不是情緒失控，我一般都能控制住自身的能力。」

「那妳失控的次數也太多……」

慕容茹星不語，拉著我飛跑到門口，此時已經有一輛馬車在等候，車夫還在慢悠悠的吸著水菸。

慕容茹星一把把我扔進車裡，伸手就把車夫從駕駛座推下去。車夫連聲唉呦都喊不出來就摔到地上，似乎嚇傻了，倒在地上那管水煙還淅瀝呼嚕抽個不停。

「駕——」

老太太我在車內還沒坐穩呢，馬車就飛馳起來，讓我直接往後跌去，好像五七節會吃的滾麻糬，在車內滾來滾去。

「幹……嘛……妳要帶我去哪裡……跑這麼快……很容易……啊啊……咬到舌頭了。」

好不容易攀著車窗爬起來，提高音量詢問外頭的慕容茹星。

「我們要快一點，不然就來不及了。」

「什麼來不及……嗚嗚……舌頭好痛……」

「今天是跟藍家的婚禮。」

哦~~跟藍家的婚禮。

「妳是趕著要吃喜酒嗎？就算遲到了也不用趕成這樣吧？而且這婚禮關我什麼事，一把老骨頭了還這樣折騰我。」

「妳難道不知道是誰要成親嗎？」

哦，是誰要成親？

才剛這樣疑問到，跟小風的對話就蹦入腦海。

「他們沒有希望我接掌慕容家。」

「他們希望我去成親。」

「成親的對象是我娘當年沒結成的對象。」

所以，今天要成親的人是……我兒子？

「什麼，這麼重要的事情妳怎麼不早說，現在才說！」兒子要成親，我這為娘的沒有坐在上面當高堂證婚，像話嗎？

「這一切是我的錯，都怪我醒悟得太晚。妳說得沒錯，一味的把錯怪到別人身上，只想要別人來扛這個責任自己輕鬆度日，我真的愧對風兒……他還是姐姐唯一的兒子……」

我探出半個身子，把她的臉拉過來咬耳朵。

「妳想發表演講我不反對；但我兒子要成親了，妳可以再快一點嗎？」

＊＊＊

當我們抵達藍家時，釵凌髮亂，老太太我大概跟個瘋婆娘沒兩樣，幸好這會兒大榮國那些說書人不在，否則老太太我的名譽就毀於一旦。

「快！」我撩起裙襬跳下馬車，也不管慕容茹星還在喘氣，三步併作兩步朝藍家大門奔過去。

今天喜慶，到處都是白紗，一片白茫茫的。前院都擺滿了桌子，賓客大多到齊，地上有一條長長的白地毯，一眼望去就看見裡頭正在拜堂。

「等等，給我等一下！給我放開那個男孩！」我一邊怒吼著一邊往前跑，賓客全都詫異的轉過頭來。

見我踩在地毯上飛奔，有好幾個僕人追了上來。

「這位姑娘！快點停下來，這地毯只有新人可以踩，您這樣跑在上面，是觸新人的霉頭啊！拜託您快點停下來。」

「我管你的！那是你家的事！」要是平常，老太太我絕對不會說這麼沒禮貌的話，要知道，給兒子好榜樣是很重要的。

但現在非常狀況，就要用非常手段處理。不管他們，老太太我提著裙襬衝進門內。有幾個僕人試圖阻擋，硬著頭皮雙手張開擋在老太太我面前，我把頭上的髮帶一扯而下，讓本來就凌亂的髮一口氣散開。

「給我讓開！」

那幾個僕人全都雙眼圓睜瞪著我，呆若木雞的站在原地。

我不管三七二十一，直接從中間穿過去，一口氣跑到堂前，一對老夫婦坐在高堂上，一臉錯愕。

「放手！放開那個男孩！」我氣呼呼的上前，一個手刀把他們握著的手切開，順勢把小風的手握起；可惜他是男孩子，手掌大了一點，我只能握住一半。

「我一個兒子養得漂亮水嫩，竟然不跟我這作娘的知會一聲就成親，像話嗎？」握住楚風的手，心就莫名的安定，我轉頭朝新郎嚷嚷。

新郎算不上好看，濃眉大眼，有些綠林好漢的氣息，眼中卻是難得，正氣凜然，讓老太太我一看就有些欣賞。

「當家的，這位姑娘一定要闖進來……」剛剛阻止我的僕人如夢初醒，紛紛追上來，卻被新郎伸手阻止。

「不知道姑娘是什麼人，怎麼會闖進我藍家的婚禮來鬧事？」

明人不做暗事，我撥撥髮，撢撢袖口，行了一個無懈可擊的禮。

「楚瀅瀅。」

他同樣雙手抱拳，朝我一笑，嗯……牙齒很白。

「敝人藍君悅。姑娘剛剛說我藍家抓了妳的兒子，這肯定是有誤會，今天是我藍家跟慕容家的大喜之日，這位是慕容家的……」

「我在這裡。」有人揚聲一喊，眾人都轉過頭去。

賓客們看見一身白衣站在門邊的慕容茹星，立刻議論紛紛起來，連藍君悅都皺起眉頭，臉上浮起困惑。

其中一個賓客竊竊私語大聲了點，讓我聽得一清二楚。

「啊？新娘不是慕容家的小姐嗎？我一直以為就是那位慕容茹星……」

藍君悅瞇起眼，看著一臉倔強的慕容茹星，忽然嘆了一口氣。

「這是怎麼回事，星兒，妳能解釋一下嗎？」

「是我不好。」慕容茹星咬了咬唇，緩步走到新娘身邊，無預警的伸手一掀，新娘的真面目暴露在眾人眼前。

「啊！」

「啊！」

一聲是老太太我，一聲是眾人的驚嘆。

雪膚朱唇，好像冰雪中生出的一朵雪蓮花，帶著孤高離世的氣息；我一直知道小風好看，但從沒想過他化妝之後能好看到這種地步。

小風的娘真是的，生給他這樣一張好臉皮，偏偏生錯性別。

連藍君悅都難掩愕然。

「茹月？」

楚風因為眼睛突然見光而不適的蹙起眉，這動作讓眾人的心都盪了一盪，包含娘親我……

「娘，妳口水流下來了。」

「有？有嗎？」連忙伸手去擦，果然摸了一手濕潤，不好不好，毀壞形象。

「欸嘿嘿……我家小風真是太美了，比娘看過的任何旦角兒都美……」

看來我家小風不做國師也可以改行演戲。

楚風挑起眉，環視眾人一圈；我發現他的嘴角隱隱斂起，那是他心情在轉壞的意思。

誰惹小風生氣了？

我轉過頭去想看清楚，卻讓楚風摟住腰抱在懷裡。臉貼著他的胸口，肌膚雪白得好像老太太我愛吃的雲片糕，望著直流口水，很想舔上一口。

「收起你們的視線，否則我就不客氣了。」

楚風這孩子手無縛雞之力，連威脅也軟綿綿，誰會怕啊！

我瞪著眼前那片肌膚，終於忍不住舔上一口，平滑溫暖，然而小風卻渾身一顫，把我推出懷抱。

「果然不是甜的……」我咂咂嘴，還是雲片糕比較好吃。

「藍大哥，我很抱歉，我只是希望能實現你的願望。」慕容茹星走上前，忽然無預警的雙膝落地，垂著頭語氣落寞。

「我的願望？」

「當年妳想要娶姐姐，姐姐卻在婚前逃跑，嫁到大榮國去，這麼多年來你始終沒有嫁娶，對姐姐這麼留戀。這樣的你，日前卻突然來慕容家下聘，我想以你的條件，會想娶我這種沒人要的老姑娘，也只是因為我跟姐姐長得相像。」她低低說著，語氣中有些哽咽。

「正好在這時候我聽到消息，說姐姐的兒子到了北蒼國的邊境，我就派人……派人把他擄來，比起我，風兒長得跟姐姐更像，個性跟能力也像，是更適合藍大哥你的人選……」

「茹星……妳……」藍君悅撫額大嘆，沉默了下來。

「但是我發現我錯了，我只是在逃避，既然我有那種想法，就應該坦白跟藍大哥說清楚，而不是偷偷把新娘換了；我自以為對藍大哥好的行為，其實只是我想要逃避這件婚事……」

乖乖，這氣氛一下從歡喜的喜慶變得如此緊繃。我左看右瞧，最後忍不住湊到楚風耳邊咬耳朵。

「小風，果然是家家有本難唸的經，你瞧這藍家跟慕容家亂得像鍋粥……」

楚風不說話，默默伸手攬過我的腰。一碰到楚風的手，身上立刻有種不可思議的暖流，讓老太太我不住的往他身上縮了縮。

「你什麼時候學楚軍也練了內功？身上暖呼呼的。」

楚風聽見我這麼說，竟然咧嘴笑了。這孩子平常少笑，偶爾笑也是冰山美人似的冷笑，很少笑得這麼有溫度，眼中竟然溫柔得很，老太太我揉了兩下眼睛，覺得好像眼花了。

藍君悅站在原地僵直了好一會，才揚聲一喊。

「錢伯！」

「是，當家的！」

「請各位賓客開動。今日我藍家有事，不便舉行儀式，為了表示歉意，退還眾賓客的禮金，這一頓就算是我藍家請客，請大家吃得盡興。」

錢伯應聲去了。兩個小僕人合力關上大廳的門，阻斷了外頭那些好事人的眼光。藍君悅請人把高堂上的藍家父母請回去院落休息。人一下走得乾乾淨淨，大廳只剩下老太太我、小風、不說話的藍君悅和跪在地上的慕容茹星。

藍君悅走上前，把低著頭的慕容茹星拉起來。

「別跪著了，地上涼。有話，大家到內室說吧！」

進到內室，僕人送上茶，我抿了一口就滿意的笑起來，終於不像洗米水了。

「茹月、茹星與我，三個人是青梅竹馬。從小相處到大，自然感情很是深厚……」

「原來是個三人的情感糾葛。」我點了點頭；戲曲上很常演。

「並不是姑娘想的那樣。」藍君悅搖搖頭，若有所思。

「茹月她是個非常特別的女子，雖然個性冷淡，卻有顆俠義的心。她能聽見常人聽不見的聲音，看那看不見的事情，藉由這些能力她總能知道會發生的危險，她曾經為了讓我避開一顆可能絆倒我的石頭，把我推落千呎寒潭，怕我被鳥啄到，結果害我跌下山崖摔斷兩根肋骨。」

「……」楚風的娘原來是這樣的人嗎？我看了楚風一眼，見他正聽得入神，心好像被什麼扯了一下，沉沉的。

不管我這後娘做得多好，總不及親娘親吧……

「雖然姐姐是這樣的人，可是大家還是都很喜歡她。」

「沒錯；可是有一件事情妳弄錯了，星兒。」

「啊？」

「當年會跟慕容家下聘茹月，完全都是家中長輩趁我在西北拓展客棧據點時私自訂下的，我完全被瞞在鼓裡，等我回來，一切已經成為定局。」

「這是什麼意思？」

「就是說，當時我從頭到尾，都沒有要娶茹月的意思；我敬她愛她，就像一個妹妹一樣。如果真的打算娶她，當年我就不會幫她跑到戰場上去會情郎。」

「原來那是藍大哥做的……那為什麼藍大哥這麼多年來都不成親……」

藍君悅看了我們一眼，突然不自在的輕咳一聲，那張粗獷的臉上出現少女般羞澀的神情非常不協調。

「那是因為……我早就決定這輩子要娶的人了。」

「既然這樣，藍大哥為什麼又來慕容家下聘呢？」慕容茹星顯然一頭霧水，連番追問。

「現在慕容家，已經沒有任何適婚年齡的閨女了。啊！我有個小表妹，可是她今年才七歲，你可能還要再多等一等……」

藍君悅聽到慕蓉茹星這句話後，一手撐住額，彷彿在深思。好一會兒他才再開口。

「星兒，妳從來都沒想過自己嗎？」

「藍大哥……你說什麼？你要娶我？」沒想到慕容茹星因為這句話驚慌過度，摔到椅子下，但她不用人扶，自立自強自己爬起來。

「我一直都想娶妳，明示暗示無數次，可是妳一直都只在乎茹月，每次我們三個人相處，妳就只想跟在茹月身邊，當年親事一訂，妳更是直接把我當成姐夫，我是一點機會也沒有。」

「可是我……我我我……為什麼？我既沒有姐姐漂亮，也沒有可以幫助藍大哥的能力……」

「妳很美，只是一直在茹月的光環下；星星和月亮放在一起，大家都會覺得月亮很美，而遺忘了一旁閃爍的星星；我不是個愛月之人。」

慕容茹星張大嘴，好半天吐不出一句話來。

「那這麼多年來，藍當家怎麼都不說？」一等就等了十八年，我都把楚瑜追上手了這兩個人還在那邊慢慢蹉跎。

「茹月離開的頭一年我去提親，卻被茹星的爹拒絕，說是家中剛出了茹月的事情，不想落人口實，而且茹星還小，要我等三年再來，沒想到三年後慕容老爺去世。北蒼國有令，家中爹娘去世子女必須服喪，三年不能嫁娶，這本來應該是兒子的事，偏偏慕容老爺只有兩個女兒，茹星為此服喪三年，等茹星服完喪我打算去提親，此時我爹病重去世，因為是家中長子，我必須服喪五年，五年正要期滿，娘也去世……」

「等等，藍當家，既然你爹娘都去世了，那今天在堂上的是誰？」

「我二叔父跟叔母。」

「哦～原來如此，我還想藍當家長得這麼魁梧不凡，怎麼你的爹看起來如此溫和。沒事、沒事……請繼續……」

「服完娘的喪整整十六年就過去了；沒想到藍家卻在此時出了背叛者，他掏空了藍家的資金另起爐灶，等處理好這件事，一晃眼又是兩年了。」

「真是一場巧到不能再巧的……呃……悲傷愛情故事……一等就等了足足十八年？小風都從一個小娃娃變成大孩子了。」

「所以藍大哥想娶的人是我嗎？」

「嗯。」

「不漂亮，又只會搞破壞的我？」

「藍家很有錢，隨便妳砸。」

「我不懂得管家，又很膽小。」

「我膽子大，夠兩個人用；至於管家這種事，我來就好。那麼……妳願意嫁給我嗎？」

慕容茹星哭得兩眼通紅，咬著帕子嗚噎，拚命點著頭。

這下子可是情投意合，終於讓這樁延宕多年的婚事確定下來。

我拉了拉小風的袖子，示意他不要在這兒當打鴛鴦的大棒子了。

我們站在廊下。白雪紛紛飄落，楚風握住我的手；在這種冰天雪地裡，他的手意外的很溫暖。

「妳覺得什麼是世界上最糟糕的事情？」

總覺得這孩子叫我娘的次數似乎減少了；但我也不甚在意。

「等待。」我深深吸了一口氣。

「你爹當時跟我說，要等我長大，要我等他回來；可是楚風你知道嗎？這世界上凡是攸關人的事情，都禁不起等待，等過了光陰，蹉跎了情分，那也就什麼都沒了，他們今天幸運還能在一起，但誰知道，要是其中誰等不了了嫁了娶了！……」

「恨不相逢未嫁時，是嗎？」

「你這孩子，也很有吟詩的天分。」

我噗哧一笑。

「事情既然解決了，我們要盡早離開這裡去和你大哥他們會合；他們一定很擔心的。」

楚風微笑不語，我剛往前走了一步，他忽然拉住了我。

「瀅瀅，我們都愛妳。」

「我也愛你們，我親愛的兒子。」

他搖搖頭，拒絕接受這句話。

「妳應該要好好想一想，我們對妳的這份好，世界上，原是沒有兒子能為娘做到的。」

我不懂楚風的這番話。

一走出藍府的大門，卻發現門前重兵鎮守，藍家的侍衛都被扣押起來。

帶頭的將軍走上前，一臉漠然；他身上有不少雪花，顯然等了很久。

「奉我國太子殿下之命，逮捕兩名非法入侵我國者。」

第十一章

乖乖，到底是什麼時候我們惹上了北蒼國的太子殿下？身分暴露了不知道會有什麼下場？

我渾身一涼，看了看身邊的小風，他還是一身的新娘裝尚未換下，美得跟仙子一樣。

不好！要是這樣被抓走，那太子肯定要強娶強嫁，我家小風哪能委屈的給一個不知是圓是扁的太子當皇后？

一想到這裡，老太太我眼一沉，馬上擺出架式應戰。

「小風，你負責處理那邊，我處理這邊的一個、兩個、一個、兩個……」

「娘，妳數來數去怎麼數不到三？」

「哦……娘剛剛才想起那把刀放在楚家倉庫沒帶來，娘沒武器，大概只能打一兩個人……又或者娘只能被一兩個人打……」

「呵！誰敢打娘，我就讓他見不到明天的太陽。」

這冷淡的孩子沒想到這麼維護娘親，聽得為娘心頭一陣酸軟，眼眶發紅，要不是情況不允許，真想立刻給這兒子一個擁抱。

「好，那小風你處理那邊全部，娘專心對付這兩個……」

好歹我也學過一套貓裡貓氣的拳法。

我大喝一聲先增添增添威勢，再往前一踢腿，在我眼前那個士兵霎時飛了出去，直直撞上對頭的藍家圍牆。

眾人齊看傻了眼，當然也包括老太太我。總覺得我剛剛什麼都沒有踢到，人是怎麼飛出去的？楚軍跟我說過，劍有劍氣，可以不碰到人而傷人，難道老太太我的腿有腿氣不成？

「啊？這女人，是人嗎？」帶頭的將軍倒抽一口氣，顯然被嚇到。他往後使了一個眼色，便走出了幾個特別魁梧的大漢，這一看就是……老太太我會被打倒的類型。我往後縮了縮，懷疑剛才的情況是神蹟。

「娘，別怕。」楚風搭住我的肩，止住我退後的腳步。

「儘管上，這些人絕對贏不了妳的。」

「上什麼上，剛剛大概是因為娘平時有燒香拜佛，神明顯靈了……」

楚風貼在我耳邊輕聲一笑。

「那娘當作神明現在站在妳這邊好了。」

「什麼？」還來不及反應，我人就被推出去了。

啊啊！才誇楚風這孩子貼心，這會兒就把娘親丟入險境……

其中一個大漢伸手要來抓我，老太太我下意識縮起身子閉眼想要躲開，只聽見轟然一響，睜開眼，發現此人也飛了出去，呈大字形貼在牆上。

難道……真有神助？

我動了動手指，有些不可置信，但眼前一個大漢又飛出去。感覺自己瞬間變成絕世高手，我回頭朝楚風興奮一笑。

「小風，你看娘；都是因為娘平常有施捨乞丐、燒香拜佛，做了很多好事，今天才會有福報，以後千萬要以娘為榜樣。」

楚風站在原地朝我淡淡一笑。

我轉回頭伸手朝空中亂指一番，被我點到的人連番飛出去，在牆上貼成人型字體。我仔細一看。

「大、笨、蛋？」

嘖嘖，神明顯靈了，還會罵人呢！

領頭的將軍也看見了，臉色一下變得極難看。

「果然不愧是慕容茹月的血脈，一般人根本對付不了你。」

啊？他在跟誰說話，我嗎？不過，他怎麼看著楚風呢？

「但就本將軍知道，慕容家的能力雖難對付，卻不是無窮無盡，你最多也只能夠擋得了一時。本將軍今天奉命前來捉拿你們兩個人，可是帶了一整個軍隊的人過來，你盡量打吧！看最後是誰輸誰贏。」雖然說是叫囂，那將軍人卻站得很遠，聲音都模糊不清。

沒想到北蒼國的將軍都讓下面的小兵送死，這樣損人利己的態度，是不會得到士兵的愛戴的。我嘖嘖兩聲，覺得這將軍的心態需要再教育教育。

不過經他這麼一說，老太太我意識到，難道剛剛那些「神蹟」都是小風弄出來的嗎？

我看過去，楚風見我臉上詢問的表情，垂下睫去微微一頷首。

好啊，這孩子！藏著秘密能力不告訴娘，回去非要叫他跪算盤不可……

「看你要力竭被抓，還是乖乖束手就擒，本將軍都不介意；殿下只說帶人回去，沒說要活蹦亂跳的。」

「活蹦亂跳？以為我兒子是條魚嗎？小時候修辭有沒有學好？」一插嘴，眾人的眼光又集中到我身上。

那將軍的態度不知為何，有幾分審慎。

「楚夫人，殿下有令，要我們不與妳為敵；我也不希望傷了妳，如果妳能乖乖跟我們走，那是最好不過。」

「好，我跟你們走。」一句話，答得乾脆俐落。我往前進，士兵們顯然對剛剛的「神蹟」心有恐懼，紛紛讓出一條路。

「謝謝妳的配合，希望妳可以勸勸妳的公子，請他束手就擒。你們都是太子殿下想請去作客的人，若非必要，在下不希望動武。」

「這作客的方法還真先進，本夫人我在大榮國就從來沒看過。」偶爾學學楚殷這孩子說話含諷帶刺，沒想到像不像三分樣，表現還不錯。

「娘！」楚風沒料到我真的束手就擒，眉頭一皺，匆匆往前兩步。

「別過來！」在我的命令下他只好停止動作。

「楚夫人，妳這是什麼意思？」

「我是非法入侵沒錯，但是我家小風不是，你們沒有權利抓他。」

「無通關文件闖過我國國境，為何不是非法入侵？」

「就老太太我所知，『入侵』這詞，是用在外對內，他國人潛入本國才能用入侵，我家小風本是慕容家的人，回到自己家又有什麼錯，回到北蒼國又有什麼不對？」

「夫人妳這根本是強詞奪理……」

「這不是強詞奪理。」藍君悅挽著慕容茹星出現在門口。

慕容茹星顯然把剛剛的對話都聽進去，立刻走到楚風身邊。

「各位不信，大可以去查一查我慕容家的家譜，看看慕容茹月之下是不是還有一子嗣叫做慕容風。他是我的外甥，從小就在慕容家長大，這趟回來是來看我這個阿姨的，有問題嗎？」

沒想到有此一招，那將軍愣在當場。

「但是殿下有命令……」

「殿下的命令，應該只要逮捕非法入侵之人吧？並沒有要你逮捕回來探親的人民，不是嗎？藍家跟慕容家即將結親，若是你要強行帶走人，那也是跟我藍家過不去。」藍君悅沉聲說著，表情不怒而威。

「你應該也很清楚，把王都內的兩大家族惹火了，會有什麼下場。」

於是老太太我滿意的看見將軍挫敗的嘆了一口氣。

「把楚夫人帶走。」

＊　＊　＊

「從今天開始，夫人您就住在這裡，有什麼事吩咐我們一聲便成了。」十幾個宮女一字排開，跪在地上行禮。我看得目瞪口呆，不能理解這是怎麼一回事。

因為老太太我覺得被敵國太子殿下指名抓回肯定沒有好事，大概會被拆皮剝骨浸水牢罰站籠。當我把所有從書中看過的酷刑都回想一次後，便哭到收押我的小兵們都來安慰我，還送了我大袋大袋的甜點。

在剛剛來的路上，老太太我還在忙著思考遺書的內容，誰想到進了王宮，既沒讓人送進陰森的牢房，也沒人拿鞭子抽我，反而帶我進了一間收拾得整整齊齊的院落，桌上早已擺好熱騰騰的飯菜，宮女們守候已久，一看見我就集體行禮。

「難道北蒼國流行把人抓來作客嗎？」早說嘛！那我剛剛還諷刺了那將軍一頓，想起來真是對他不住。

宮女們面面相覷，顯然不太明白我的意思。

「夫人是殿下特別吩咐的貴客，我們定會盡心盡力的服侍。」

「我認識妳們太子殿下嗎？他幹嘛請我來作客？」

「這奴婢不清楚，只被吩咐要好好照顧小姐。」

既然她們都這麼客氣，老太太我也不推辭；看來這北蒼國太子還算懂得敬老尊賢，很好，前途無量。剛好午飯沒吃完就讓人拉出來趕著救兒子；雖然藍家的宴席看起來還不錯，但也沒機會吃上一口，這會兒還真是餓了。

「夫人要先沐浴，還是先吃飯？」

「好難抉擇，乾脆一起吧！」

「怎麼個一起法……」

「這問題應該是妳們要處理才對！」以往我這樣回答，秋菊她們總能想出好方法；怎麼，北蒼國的宮女做不到嗎？

「……」

結果，還是先洗澡……

飽飽的吃了一頓飯後，本來想好好欣賞一下北蒼國的王宮，可是天黑了，外頭沒有月亮，什麼也看不見，只能早早上床睡覺，準備明天早點起來遊覽。

這一夜我又夢見楚瑜，時間是在我吃過楚瑜做的糰子不久後發生的事情。

從我吃過楚瑜做的糰子後，我每天眼巴巴的跟在楚瑜身後，黏著他要他再做一次糰子。楚瑜拗我不過，每天替我做了一顆糰子。

一個月下來我胖了兩斤。

廚娘警告楚瑜，再這樣餵下去，就要把我從小美人變成小豬玀了，於是楚瑜變成三天做一次糰子給我吃，為此，我哭了三回，還拿頭去撞豆腐，依舊未果。

「小狐狸，妳這樣胡鬧也沒有點心吃的。」

楚瑜那天一邊替我擦著頭上的豆腐渣，一邊無奈的勸我。我邊氣邊哭，大顆大顆的眼淚直往下流。

「你說好要每天做給我吃的，現在變成三天才做一次，你食言，書裡面說你食言會變成大胖子，嗚嗚嗚……」

「……妳是因為沒吃到糰子哭還是為了我會變成大胖子而哭？」

楚瑜這個選擇性的問題讓我停了幾秒眼淚，我的確不想看見楚瑜變成大胖子，那一定沒有現在好看，只是跟糰子一比……我心中的天平衡量下，結果糰子那邊重重壓下，糰子勝利！

「為了糰子……」

楚瑜眼中有種幽微的情緒消逝，他替我拍乾淨豆腐渣，伸手過來牽我的手。我不讓他牽，把手藏到背後，為表對他的憤怒，用力的把頭轉開，沒想到旁邊是梁柱，一轉過去立刻撞個大包。

「嗚啊啊啊……」我摀著額頭，痛得蹲下去。

楚瑜慌忙捉著我的手腕把我拉起來。

「妳是撞疼哪裡？好，不哭，我看看……」

他拉開我的手要查看傷口，我突然覺得又氣又羞；這害羞的原因是為什麼，當時不能明瞭，反正抵死不給楚瑜看，只是一逕兒哭。垂著頭的我望見楚瑜腰帶上綴著的牡丹荷包。

用黃綠絲線繡成的牡丹，比尋常看見的紅白牡丹竟然好看上許多。

「好好，妳這麼想吃糰子，那一會兒做給妳吃好嗎？」楚瑜以為我還在為糰子的事情鬧脾氣，跟我使力較勁一陣後，他就敗下陣來。

不是我要說，楚瑜這人雖然說是堂堂丞相兼將軍，其實他的力氣很小，扛得起家門前的百斤金獅，比腕力卻總是輸我。依照這樣推算，我應該也扛得起百斤金獅，但我卻連推都推不動。

郝伯在我扭傷手時一邊為我上藥一邊叨唸，說這世間真是一物剋一物，笨蛋剋天才。我想他的意思是金獅很笨，我推不動金獅表示金獅剋了我，所以金獅是笨蛋我是天才。

郝伯聽到我這解釋，吹鬍子瞪眼走了；後來因為吹了太多次鬍子，導致他現在鬍子有點稀疏……

「好。」一聽有糰子吃，都忘了疼，我笑逐顏開把手放下。

楚瑜視線落在我的額頭上，一臉擔憂。

「腫得跟雞蛋一樣大，要是留疤就不好了。來，吃糰子前先擦藥。」他伸出手要牽我的手，我又把手藏起來。

「先吃糰子。」

「先擦藥，就可以吃兩個。」

「好！」

楚瑜果然依了他的諾言，為我做了兩顆糰子，可是小得跟鳥蛋一樣，一口吃進去就沒了。我瞪著糰子，又看了看楚瑜，他對我微微一笑。當下想要吵鬧的話一下煙消雲散，在胃裡跟糰子一起消化掉。

楚瑜成功解決了彼此的問題，半個月後我瘦了兩斤。

某天楚瑜問起我來。

「小狐狸，妳天天吃糰子，怎麼都吃不膩？」

我舔著糖粉，湊巧想起那天隔壁的小廝送來的情書，劈頭第一句就寫他對我一見鍾情；

我看不大懂這個詞，翻了一下典籍大意是說一見面就喜歡，剛好現學現賣。

「哦！因為我對糰子一見鍾情。」

楚瑜噗嗤一聲笑出來，把正在寫的那頁帳冊染了好大一滴墨漬。

「妳這小東西，哪裡知道什麼是一見鍾情？一見鍾情是泛指男女之間，哪有用在人與糰子之間。」

男女之間？我偏過頭想了想，又看了看楚瑜。

「你是男的？」

「嗯哼。」

又指指自己。

「我是女的？」

「妳還只是小女孩，算不上女孩子……」

楚瑜笑吟吟的話被我打斷，我睜著眼說道。

「那我也對你一見鍾情。」跟糰子一樣的喜歡。

既然「一見鍾情」不能用在我跟糰子之間，那麼可以用在我跟你之間吧？

房內突然沉默了好一下，此時，郝伯正好端茶進來。我繼續拿手指沾著盤子內的糖粉吃。

郝伯將茶送到楚瑜桌邊，動作忽然愣了一下。

「怎麼，爺您的臉紅得像是今早寧靜湖送來的秋蟹？」

「什麼？有螃蟹，我要吃。郝伯，我要吃最大的那隻！」

直到很久很久以後，我才真正明白這句話的意思。對於當下就聽懂這句話的楚瑜，我總想著要在成親當天在問他，他當時在想什麼，可惜卻沒有等到機會。

「瀅瀅。」

誰在叫我？

我醒了過來，赤腳踩在地上。房內鋪著厚軟的地毯，一點也不會凍著人。我在室內看了一圈，發現有一扇窗沒關好，從窗外透進銀白的光。

「咦，月亮？什麼時候出來了？」我推開窗，風就迎面而來。這陣風一點也不寒冷，反而暖人欲醉。

「是春風嗎……」

第十二章

隔天起來，老太太我吃過早飯忙不迭的逛起北蒼國王宮，前有四個宮女後有八個侍衛把我看得緊緊的，不清楚的人看到這派頭還以為我是北蒼國的王后。

北蒼國的宮殿，從外頭看起來閃閃發光，像是用冰砌成的，但仔細一看才發現，原來那不過是覆蓋在石頭的城上的一層薄薄的霜。因為結霜長年不化，在陽光的照射下才形成那般光景。

沒有一般王宮的高聳，北蒼國的王宮異常低矮，也許是為了防止強風侵襲，連窗口或門口都做得特別小。

我們穿過七折八繞的迴廊正要穿越正殿的後院，剛經過道拱門，老太太我就皺著眉停下腳步。

拱門旁種著一株低矮灌木。這灌木不似北方的樹木大多葉片細長而尖，那株灌木葉片油亮而寬，是南方林木才有的特徵，照理說這種植物不可能活在北地，但它卻活著，生氣勃勃的活著，葉片上結著薄薄的霜，彷彿把整株樹封印在冰中。

「夫人？」

「總覺得這株樹有點眼熟，好像在哪裡看過……」

「這株樹有什麼問題嗎？」

「當然有問題，這應該是屬於南方的樹種，怎麼可能在北蒼國生長，妳們都不覺得奇怪嗎？」

「原來您是好奇這個。因為王宮從五年前就引地下暖水灌溉凍土，從那時候起，王宮內也能種植一些奇異的花草樹木了。」

「引地下暖水灌溉凍土？這想法是誰提出的？」

「就是太子殿下。」

唔！看來這太子的智慧跟楚明有得比。

轉了一上午，就連正殿後面的院子都沒逛完，因為腿有點痠，老太太我就打算改天再逛。

就不知道為什麼君王都愛把宮殿蓋那麼大，大到自己要靠人抬著走，何苦呢？

回到我住的那間宮殿內，才發現原來入口處也植了兩株那種矮樹，正對著窗邊，看過去一片綠油油的讓人心情好，遂叫宮女把軟椅移到那扇窗前。

雖然被人伺候得不錯，可是身在異鄉為異客，總覺得有些落寞，吃飯的時候想到平時都是一大家子熱熱鬧鬧，有些食不知味。

為了排遣寂寞，老太太我拿水果刻成六個兒子來陪我；只是楚明斷了頭、楚軍多了疤、楚海的捲髮變成直的、楚殷身上的衣服花紋太細我雕不出來，於是他便穿了一件素衣。

離到楚風的時候我累了，於是拿了一堆冰塊放在水果旁邊，意思到就好。

楚翊我本來是拿一株藥草替代他，但是後來我想了想，決定換成一錠金子。

不知為什麼，時日一久，老太太我突然開始水土不服，餐餐只剩下半碗飯的胃口。

每天起來就往窗邊一坐，支著下巴瞅上外邊的風景老半天。以前在楚府不能明白什麼叫綠肥紅瘦的心境，來到這裡倒是很有感悟。

「夫人，您多少吃一點吧！」宮女捧著膳食，眼巴巴的望著我，似乎我這不吃東西打算成仙的想法把她嚇個半死。

「我不餓。」真不餓，人就像突然沒了胃口。

「殿下說您吃得太少了。」

「我不記得我跟北蒼國的太子殿下這麼熟悉，他連我的飯量都知道。」這是令我困惑的事情。

我一開口詢問，那宮女立刻噤聲不語。

「我能有機會見見他嗎？」用這種方式把人「請」來，卻連一面都不給見。

「奴婢不知道。」她低聲說著，這幾天來我聽最多的就是這句話。不過這些宮女也是聽命行事，老太太我心腸軟，不好為難。

才說沒胃口，那天晚上桌上竟然出現數十種我在大榮國愛吃的甜點，老太太我開心過度，吃過飯以後又吃了五盤甜點。

我一口氣吃了五盤甜點的結果，就是半夜肚子痛到在床上滾來滾去，一室的宮女都慌亂得不知如何是好。

「夫人，夫人您振作一點！」

「肚子好痛喔——」

「請御醫，快請御醫，夫人她肚子疼！」

「我不要我不要，讓我喝藥不如讓我痛死算了，痛啊啊——」我有骨氣，寧死不屈。

「宮內聽說來了一名神醫，快請他來！」

「我說我不要——啊啊——肚子好痛——」好像有火在肚子裡面燒，又有人把五臟六腑像擰抹布那樣翻攪。

「來，夫人，把手伸出來，給御醫把脈！」

「不要——」可是……嗚嗚……好痛……

模糊中抱著肚子的手被人扯開，旋即虎口幾處便感覺到一陣灼熱刺麻，跟過去習慣的疼痛相比，更是疼痛無數倍。

「痛啊啊啊——」我含淚跳了起來，正好看見床邊披頭散髮的大夫。

「莫名！好痛啊！」

莫名還是一貫造型，披頭散髮，一身黑袍，一根金針還拿在手上，看了看我，又看了看金針。

「夫人幾天沒乖乖喝藥，自然會疼痛難當。」

「可是你也不該弄得我這麼痛，老人家皮很薄！」

「我怎麼知道是您。她們只要求我來替太子的貴客下針。我還在想，這世界上竟然會有第二個笨到因為吃太多而痛得滿地打滾的人，沒想到還是同一個。」莫名說著，又把我的手拉回去。

我死拖活拉不給就是不讓他得逞，他便用手往我肩上一按，我的手臂立刻痠麻難當，於是又讓他得逞一回。

「痛啊啊啊——」

我還在那裡把自己蜷成蝦米滿床打滾時，莫名已經默默收起他的金針，順道已經烤火消毒完畢。

「夫人最近可有復發舊疾？」

「痛啊啊啊啊——」

「夫人，妳的舊疾……」

「好痛啊啊啊啊——」

「……再痛我要下針止痛。」

老太太我立刻跳起來正襟危坐；我頭不暈眼不花肚子不痛現在馬上就能出去跑個五十里。

「夫人，妳的舊疾可有復發？」

我偏過頭仔細想了想。

「沒有。」

莫名皺起眉；其實我不太確定那是不是眉毛，因為頭髮遮住了大部分的臉部，也許他只是被風吹動了一根頭髮。

「真是怪了，這裡的氣候不適合體質羸弱的夫人，藥效不可能撐到這個時候，夫人竟然沒有發病。」他沉吟半晌。

「麻煩夫人伸出手來。」

「你想怎樣？」又想針我？

「不給我就下針。」莫名聳聳肩，語氣很平和。

他這句話剛落，我立刻伸出手，乖乖擱上莫名眼前的小枕。

「沒有，老太太我向來是絕對相信專業人士。」

莫名輕聲一笑，伸手搭在我脈上。

「夫人的脈象跟之前不同，似乎多了一抹奇異的脈象。」他的語氣遲疑。

「這脈象，似乎我也有診過。」

我聽得糊里糊塗；但有時候不需要過問太多，只要問到關鍵問題即可。

「所以這是好消息還是壞消息？」

「這抹脈象強化了夫人的體質，總體來說是對夫人有益無害；但夫人未復發舊疾，似乎另有其他原因。」莫名收起藥箱，表情一貫冷淡。

我揉著疼痛的地方，忽然覺得好難過，平時都有小翊哄我替我揉揉，現在孤身一人，悽悽慘慘，這就是孤單老人的生活？

「莫名，你什麼時候兼職起北蒼國的御醫來了？」

「因為大公子他們也被抓了。」

「你說什麼？」楚明他們也被抓了？

「夫人擔心他們？」

「那來抓他們的人還好吧？」

「……」

「我兒子的能耐我清楚，我只怕他們把對方打殘打瘸了。」

「公子他們一點也沒有反抗，就讓人帶走了。」

「為什麼？」我拔高聲調。莫名立刻以指摀住耳朵，一會才放下。

「實際情況我也不清楚，恐怕是因為帶兵前來的人吧！畢竟我先被抓，公子們應該是回到客棧後被人甕中捉鱉。」

「是誰？」竟然有本事讓我的兒子們乖乖束手就擒？

莫名突然撩開臉前的頭髮；我不確定他是想透透氣還是仔細看我一眼。

「也許夫人該親眼看看那個人。」

「什麼意思？那你呢？為什麼會變成御醫？」

「噢！在下一向採取不抵抗政策，除非對方欺到我頭上來。反正人總歸都會死，但若太早死的話就又少了一個得絕症的機會。」

「莫名……其實最後一句才是你的重點吧？」

「不是，是因為我愛好和平。」他平靜的回應著，語氣像在背書。

「那你還沒說為什麼變成御醫？」

「北蒼國的大夫爛得要命，連最簡單的風寒都下錯藥，咽喉發腫還淨開些躁熱的藥，我不過吹了兩劑涼散上去他們就感動得要命，把我迎出牢。恰巧這宮內有一些少見的藥草，我想說順便研究一下。」

「說到這裡，琦妙呢？」自從那天摀著臉逃走之後似乎就沒再見到。

「師妹她很好，前天我見到她在北蒼國的大牢內。」

「什麼？琦妙被關了，你怎麼不幫幫她？」

「她說牢裡有很多死囚可以玩，不想出來。」

「……真是……太精彩了……」比說書的還精彩好聽。

「謝謝夫人，改天不當大夫就到天橋底下說書去。」

我沉默了半晌，鬆開抓著莫名衣袖的手。

「我的兒子們，在牢裡都還好嗎？」

「公子們看起來很自在，相處得不錯，我離開前是這樣；我離開牢裡後宮內的人要我配了幾副軟筋骨的藥，我猜應該要給公子們用，會讓他們暫時武功全失。」

「那你還真配？」應該要隨便配一副藥才對。

「我是一個大夫，大夫不開假藥。」莫名忽然振振有詞；我第一次知道他這麼有原則。

聽起來我的兒子們危機重重，我該想個方法把他們營救出來。

「不過恭喜夫人，就要當北蒼國的王妃。」

「啊？誰、誰要當北蒼國的王妃？」

「宮內已經傳得沸沸揚揚，說是太子帶回來一個舉世無雙的大美人，準備立為太子妃。」

「謠言止於智者，這樣看來莫名你還是很笨，這太子為什麼要娶一個有六個兒子的老太婆？看來他的審美觀很有問題，你要不要去替他的眼睛針一下？」

「也許到時候需要把眼睛針一下的會是夫人。」

莫名一伸手，在紙上洋洋灑灑列了數十種藥方，要宮女趕緊去抓藥。

我看著那一串藥方，臉都垮下來。

「之前提煉的藥丸用完了，只能用煎藥的，夫人記得要按時喝，否則我天天會來看妳兩回並且針妳兩回。」

我默默的鑽進被裡躺在枕上把頭轉進去面壁，流淚不止。

「那麼我就先告退了。」

「這麼急著走？」難得看到一個認識的，我慌忙擦乾眼淚轉過頭來。

「御醫院的那些蠢蛋還在等我。這個國家對於醫藥的知識極端缺乏，光是今年就有三回疫症，他們那些人卻束手無策，我正在研究治療疫症的一些藥方。」

「藥方有這麼難嗎？煮朵雪蓮喝下去不就沒事了？」莫名還沒有進府以前，我風寒或者生病時都喝雪蓮湯。

「夫人以為人人家中都有一朵雪蓮？」莫名白了我一眼，揹起藥箱走了。

我慌忙跳下床跑到門邊，想追著他再把北蒼國太子的事情問個清楚，腳下卻傳來喀哧聲，有什麼東西合起來，我的腳掌整個陷進去，不覺得疼，卻像在腳上綁了一塊石頭，我整個人重心不穩往前一摔。

「怎麼回事……」

那些侍衛連忙過來扶我。

我看著腳下的機關，那是一個改良過的捕獸夾，配合著我的腳型，咬嘴的部分被柔軟的布條包裹起來，剛好我踩個正著就合了起來；下面的鐵底座特別沉，一踩進去我就會重心不穩的跌倒。

這是，專為我一個人做的捕獸夾；而找遍全天下，大概也只有一個人會做這種事情。

「哈哈！狐狸精，本太子終於抓到妳了！」

對方身著大榮國太子朝服，雙手叉腰在我面前笑咪咪的，很是得意。他額頭上的那朵鳳陽花胎記閃閃發光。

隨著年齡增長，他的一雙眼睛長得越來越像鳳仙太后；但可愛粉白的臉蛋依舊讓人想要咬一口。

老太太我太過驚訝，沒想到會在這裡見到他。

「嗄？太子殿下，您怎麼會在這裡？」

＊　＊　＊

鳳陽國太子滎景天；名字是鳳仙太后取的，據說當時有不少官員非議此名衝撞前帝的名諱，但鳳仙太后哪聽得進這些又長又臭的意見，一把劍放在王殿入口，表示誰不願意誰就揮刀自宮再入內陳情。

自此那些婆婆媽媽的百官們就安分多了。

滎景天從小誰也不親，除了鳳仙太后。他的第一口飯還要鳳仙太后親自餵，鳳仙太后樂呵呵。

大滎國國君見到此景目瞪口呆，不敢置信，在酒醉時說出了抱怨。

聽說國君還是太子以前，他曾巴著太后不放只要求一個擁抱。那時的他被前任國君拿著劍釘在了樹上一整晚，不許他進入宮殿內睡覺，而那把劍的提供者是鳳仙太后。

鳳仙太后對待自己兒子時最常說的一句話就是：愛的教育，鐵的紀律。

「狐狸精，妳現在是要來搞垮北蒼國嗎？」他蹲下了身，往捕獸夾上一按，捕獸夾自動彈開來。

「什麼？」

「因為狐狸精是專門禍國殃民的啊！」他笑呵呵，笑容甜得讓人忘記他說了些什麼。

「我不是狐狸精，太子殿下不是捉我那麼多回了嗎？看到我變成狐狸了嗎？」

景天太子咬了咬唇，面有遺憾。

「對啊……但本王還是希望妳能夠搞垮北蒼國，這樣本王將來登基時便會少一個威脅。」

我還在揉著腳踝，聽到這句話我抬起頭，我……有沒有聽錯？

「太子？您說什麼？」

他回給我一個若無其事的大大笑容。

「沒有，我什麼也沒說。」

「但是，太子殿下怎麼會出現在這裡？」繼莫名之後，出現的人讓老太太我越來越疑惑，不會等一下連鳳仙太后都出現了吧？

「本太子是奉命出使北蒼國的。」

「大榮國那麼多人，為什麼要派太子殿下前來？」我皺起眉。

沒道理，鳳仙太后把景天太子當心肝兒一樣捧在手上，好吧……有時也會嚴厲一點。我曾經看過景天太子舉劍站在只結了薄薄一層冰的湖面上受罰，只因為那天他用新學的生詞「如履薄冰」，在烏日國的使臣面前說烏日國的情況如履薄冰。

雖然烏日國確實是一個情況岌岌可危的小國，四周都是強國，一不小心就會被吞掉，但在大庭廣眾之下說出那種話，不是王家人該有的禮儀，鳳仙太后當晚就讓他去站真正的薄冰。

所以不要羨慕王家人，瞧這生活也不是人過的。

景天太子把他的捕獸夾收起來，人就跨進宮殿內。宮女們都知道他的身分，一見到他都紛紛彎腰行禮；果然王家人就是王家人，走到哪都像主人，我反而像是路過的路人。

「妳們先下去吧！」還自顧自的下令。

宮女們看了看我，又看了看景天太子，末了竟然朝景天太子一點頭，統統退了出去。

「奶奶有話要我傳達給妳。」

「鳳仙太后？」

「不然妳以為本太子有幾個奶奶？」景天太子聳了聳肩，搭在他肩上的小披風滑落下來。他看我，我看他，末了我乖乖上前拾起替他披上。有什麼辦法？誰叫人家他是太子。

「奶奶說，她雖然默許你們私下離開，但私交歸私交，公帳還是要算清的。狐狸精妳這會兒跑到北蒼國宮內，這事情很快會傳回大榮國，現在要把你們私自出逃的罪免了的方法只有一個，就是功過相抵。」

比起前先日子話說的還是很含糊，景天太子不只一瞑大一寸，智慧也成長很快，功過相抵這有些艱難的詞都用的順口了。

「要如何功過相抵？」

景天太子笑了起來，從腰間抽出一捲細細的封管。

除掉封口的蠟，景天太子拿出裡頭的紙攤在桌上。那張紙的上頭一半是有著大榮國的王家徽章，和太后、國君的印章，另一半卻是空白的。紙的中間有一行大字。

茲以為證，大榮國與北蒼國，百年交好。

看到這裡我也明白了，另一邊的空白，是要由北蒼國的國君來填滿。

「鳳仙太后她……要我們替她簽下跟北蒼國的百年和平協議？」

「很聰明嘛！狐狸精。」景天太子小心翼翼的把紙張收起，放回腰間。

「大榮國跟北蒼國一向交惡，這個任務太艱鉅了。」要知道這世界上最難改變的就是人心。

「奶奶說了，要是妳辦不到就不要回去見她，她會下令重重處罰楚家，大概楚明丞相跟楚大將軍都免不了要受連累。」

我想到鳳仙太后那把寒光閃閃的寶劍，不由得抖了一抖，終於明白平日百官在朝廷上的感覺。

「好了，本太子話傳到了。」景天太子說著，打了一個小小的呵欠，把披風規規矩矩的掛到屏風上，接著坐上床邊脫掉自己的鞋子，之後就鑽進被子內，在裡頭翻滾一陣，又探出一顆亂蓬蓬的小頭來。

「狐狸精，好冷，快來幫本太子暖床。」

「嗄？」

「嗄什麼嗄，本太子一路風塵僕僕，都沒睡好，快點來陪本太子睡。」

景天太子有令，我只好乖乖遵從，脫了鞋子上床。

「抱著我。」

一個口令一個動作，我摟住景天太子。他往我懷中蹭蹭，似乎很滿意，一下子就睡熟了。

我因為下午睡太飽了無睡意，忽然覺得這情景去掉頭尾只看中段的話簡直像極了那個叫做君王寵幸的戲臺片段……

就是君王勾勾手，女人爬上床；縱使是年幼的未來君王……

第十三章

到了深夜我還睡不著；明明外頭正在下雪，周身卻覺得異常溫暖，我盯著景天太子的睡相半天，覺得他確實可愛。

楚翊小時候也像景天太子這樣可愛，現在長大長開了，變成了個俊秀少年，硬說可愛已經有點勉強。

摟著景天太子就想到小翊，我忍不住在他額上巴唧的親了一下。

景天太子在睡夢中似乎也感覺到了，緊閉著眼露出嫌惡的表情，捲走整件被子滾出我的懷抱躲到最遠的角落去。

正好趁著這個機會我就下了床，坐在桌前喝了杯清茶。天寒水冷，喝到肚子內就覺得渾身發寒。

「也許出去走一走比較好。」

我喃喃自語。往床上的景天太子看了一眼，確定他睡得很熟，門外的士兵也睡著了，於是我就靜悄悄的走出了宮殿。

此時正漫天下著雪。雪細細的下著，無聲無息。銀月清輝，遍地燦亮。

走沒幾步，寒冷的風吹過來；暖呼呼的頰吃了一記冷風，讓我忍不住打了一個噴嚏。

「哈啾——」

我趕忙回頭一看，幸好那幾個士兵睡熟了，都沒有醒來。其中一個靠著牆動了一下，閉著眼說夢話。

「唔……妳別走。小紅，妳別去嫁別人……我愛妳……」

現實中被人拋棄，連夢中都被人拋棄，我聽到這段話，不由得唏噓一聲。

這個宮殿有一個小院落，裡頭有一個小池塘；可惜這種天氣，全都凍住了。走近一看才發現，池塘上頭被人敲了一個小窟窿，一把細細的魚竿還插在旁邊，不知道是誰半夜來釣魚，可能是餓了想要替宵夜加菜。

雪地裡月光太亮，舉目望去竟然都是雪白一片，就算閉起眼睛來也覺得眼皮內是一片雪亮。

樹上的雪落在地上，發出刷刷的聲響，我轉過頭去。

樹下，有人背手而立，衣袂飄飄，含笑不語。

這種笑容，天下間只有一個人有著；甚至連他胸前掛的那枚平安符，都是我特地在他出征前為他戴上的，那時，我們還做了一個約定。

「瀅瀅，這是什麼？」

「一個平安符。」

「我看得出來；但這平安符上面畫的是什麼？」

「是一隻雞。爺。」

「郝伯，你不說話沒人當你是啞巴！出去。」

「楚瑜，那是郝伯沒眼光，活該他一輩子當管家，其實這是一隻彩鳳。鳳凰是神鳥，牠會在戰場上保護你，讓你平平安安的回來。」

楚瑜笑了，墨黑的眼中宛如有星光在閃爍。

「好，我會珍惜這隻雞……這隻鳳凰，不管發生什麼事情都不離身。」

「我把我這輩子剩下的運氣都縫進去了；我是全天下最幸運的女孩，因為我嫁給你；既然已經嫁給你，那我下半輩子也用不著運氣了，所以統統給你。」

新婚夜，楚瑜領兵出征時，我對他說的一席話。

「楚瑜，你要快點回來，不要讓我等得寂寞死；不過話又說回來，假使我有一天先你死了，你會怎麼樣？」

「不怎麼樣。」

「什麼，你竟然沒有殉情割腕跳懸崖？」

楚瑜一笑，揉揉我的頭。

燭火晃蕩，把我們兩個影子投在地上，相互依偎。

「瀅瀅，妳會希望看見那樣的我嗎？」

「可是戲臺上都這樣演。」

「那是戲。瀅瀅，人生如戲，但戲不是人生。」

「好怪的邏輯。一加一等於二，二為什麼不能等於一加一？」

「但我答應妳，只要我還活著，我就一定會想辦法回來見妳；不管是用任何形式，都會向妳傳達我的訊息。」

「哈哈，就像我昨天看的戲，那個男角死後化成鴿子回家，妻子養他。如果你要變的話，可不可以變老虎，我一直想養一隻老虎當寵物。」

當時只是半開玩笑的話，以為不過一場戰役；楚瑜從以前到現在大大小小的戰役參加得還算少嗎？偏偏就此一去不回。

「瀅瀅。」

聲音，像是從很遠的地方傳來，模糊而不清晰。

大半夜的，有人穿件白衣不睡覺站在樹下，好像快要飛起來的樣子，這一切都迫使老太太我聯想到某個我最害怕的東西。

可是這種害怕，又被一種期待淹沒。我腳踩進雪地裡，慢慢走向他。雪地裡有一排長長的腳印，深深的印在地上。

他舉起雙臂，好像要給我一個久違的擁抱。我正要跑起來，後頭卻傳來一聲慘叫。我連忙轉過頭去，等到再轉回身，樹下什麼人也沒有。

難道說這就是古人所云，日有所思，夜有所夢嗎？

慘嚎又連連傳來，這回更加清晰。

「饒……饒命啊……女俠……」

「快說，我家夫人在什麼地方，不說就毒啞你。」

「不說實話，就讓你斷子絕孫。」

聽說北蒼國的王宮以戒備森嚴出名，是哪國的刺客這麼厲害闖進來？

老太太我提著裙襬偷偷靠了過去，想看一眼，畢竟這輩子我還沒看過刺客，唯一看過的刺客就是大榮國的王后，可惜我遇到她的時候她已經洗手不幹了，總不能央求她再刺殺大榮國國君一次，怕她這回真的會當寡婦。

「我……我只是剛進來的士兵，不知道您說的夫人是誰……」

「哼！還真是嘴硬。秋菊，給他好看。」

越靠近這聲音就越讓老太太我感到熟悉。

我撥開一叢樹林，看見後頭有個士兵正被兩個黑衣人架在牆上，一個掐著士兵咽喉，一個拿著刀往他下腹游移。

「你可知道這一刀下去你就永遠完了？」

「饒命啊！女俠，我是無辜的……」

看來北蒼國治安不大好。我正在考慮要不要高聲一喊捉賊，腳下卻先踩著一根枯枝，發出好大一聲霹靂聲響。

「春桃！有人。」

掐著人咽喉的女子立刻轉過身來，殺氣騰騰的杏眼好比修羅，老太太我嚇得往後退兩步，想跑卻來不及。那女子也同時瞪大眼，現場忽然沉默下來。

她轉過頭，又轉回來，修羅臉不復見，鼻子紅通通雙眼水汪汪飛撲過來。

「夫——人——春桃好擔心妳啊！」

嚇，這人竟然是我的貼身侍女小春桃。

春桃飛撲到我懷裡，拿眼淚替我洗衣服。

「春桃擔心夫人，於是私自出府來尋找夫人，可是沒想到這北蒼國男人如狼似虎，春桃好怕……」她一邊說著，一邊抬手就把那士兵扔了出去。

我看她淚眼汪汪，又轉頭看向被她隨手一甩扔在牆上陷進窟窿的人。

「但本夫人看他也挺可憐的……」

「可憐之人必有可惡之處。」另一個女子也拉下面罩，赫然是我的侍女秋菊，一副素淨的眉眼，完全沒了剛才殺氣騰騰的樣子。

「秋菊，我都不知道妳是個練家子……」我看著她手上的劍，持得很穩，劍尖甚至沒有半點抖動。

秋菊的視線順著我的視線落在她手上的劍上，下一秒，她默默的將劍扔在地上，噹啷一聲。

「唉呀！是誰把這劍放我手裡的。夫人知道秋菊是最怕刀光劍影的。」她一撲，也立刻鑽進我懷裡，正好跟春桃一人一半。

我看了看現場的狀況，又看了看兩個在我懷中啜泣的侍女。這兩個女孩兒一向柔弱，肯定是一路上遭到惡狼欺凌，只好自立自強。聽說人被激發出潛能的時候連獅子都能搏倒，大概就是這樣的道理吧！

於是我拍著她們的肩頭，又哄又勸的。

「好了別哭，我知道妳們受委屈了，這種壞蛋就讓他繼續在牆上晾著吧！」

我把春桃、秋菊帶回房內，聽著她們講述這一路上的辛酸，不由得掬了一把同情淚。但她們兩人似乎有幸運女神跟著，遇到的惡徒都會自己跌落懸崖飛到樹上要不然就是從天上掉下一把刀插中他們使對方受了重傷。

「夫人跟各位公子一離開，楚府上上下下都是很擔心，香鈴天天都要燒香三回，祈求上天保佑夫人與公子們平安。」

「但這一路上我們又沒留下行蹤，春桃妳們是怎麼找來的。」

「我們進了王都跟爺連絡上了，爺說夫人被抓走，要我們想辦法混進北蒼王宮；我們雖然通過宮女選拔，可是這王宮這麼大，卻不知道夫人在哪裡，想說問個人，誰知道這裡的男人都這麼可惡……」

「聽說夫人這一路上擔心受怕了，是哪些不長眼的膽敢冒犯夫人，您快點跟秋菊說。」

秋菊瞇起眼，我見到那把長劍又莫名其妙出現在她手中，劍身輕晃，發出吟嘯。

「秋菊，妳的劍……」

「哦，這是裝飾用的，連豆腐都切不了，夫人別怕。」

「哦？原來是裝飾用的。那下回要買有用一點的；連豆腐都切不了，嚇阻不了那些外面的壞人。」

「是！夫人。」秋菊甜甜一笑，投入我的懷裡。

很久沒有見到我這些親愛的小侍女，心中是滿是甜蜜。

「夫人您再多等一等，我跟秋菊一定會想辦法請調到這殿裡，跟在夫人身邊保護您的。在那之前您一定要萬事小心。」要離開前，春桃握著我的手一臉懇切的說道

「妳們要照顧好自己才是，夫人我一把年紀了沒在怕，妳們長得這麼漂亮，又是清清白

白的黃花大閨女，千萬不要被壞男人欺負了。」

「是，夫人。」

春桃她們前腳剛走，床上就傳來細細的聲響。

「狐狸精……天都沒亮，妳在跟誰說話？」

「吵到太子了嗎？真是抱歉，我只是自言自語……」

「再來陪本王睡一下……」

「好。」我脫鞋上床，把景天太子抱在懷裡。見到春桃秋菊，心中有說不出的安定，我滿足的嘆口氣，終於睡著了。

＊＊＊

早上睡得很晚，醒來的時候景天太子已經出門，聽說是給北蒼國的王太后請安去，還留下一張紙條要我別忘了他要求的事情，估計就是在說協議那回事。我一邊看著那張紙條一邊喝著干貝粥，雖然很煩惱，不過……唔……干貝粥好好喝……

這問題困煞我，在園中散步時我還在思考，散步到昨天的小池塘邊，看來一早就有人清除上頭的冰層，水極深，底部隱隱泛著蒼綠。我繞著池塘邊走邊思考，沒去注意那池邊的石頭上都結了一層薄薄的霜，滑得很，一腳踏空就往裡面撲跌了進去，冰冷的水淹沒口鼻之前，聽見宮女在那邊嗟呼。

「夫人跳水了！」

我咕嚕咕嚕的想要反駁她我只是意外落水，卻沉得更快了，沉到湖底前有人托了我一把，我的意識便陷入一片黑暗。

再醒來的時候，莫名又皺著眉頭坐在床邊。

「夫人真是好興致，我忙著調配疫症的藥不可開交時，妳還要跳水自殺。」

「我是意外落水……」我掙扎了下，發現身子軟得爬不起來。

「我想也是，夫人應該會以為跳水就會懷孕，沒事不會自己跳水的。」

「那我懷孕了嗎？」誰的？

「夫人以為沒公雞的母雞能生得出小雞嗎？」

「母雞沒有公雞也能生蛋不是嗎？」

莫名瞪了我一眼，收起藥箱，動作卻比平時還要慢。

「我開了一劑凝神的藥湯，夫人喝下去晚上會好睡一點。」

藥湯白煙氤氳。我看著藥湯，正要啜飲，忽然想到什麼抬起頭來。

「莫名，聽說人死後會喝一種孟婆湯，喝了以後就把過往忘的乾乾淨淨，前程往事，無不盡落飛花中，你覺得真有這種湯存在嗎？」

「我是大夫，不是神。」

「那你覺得存在嗎？」

「不存在。」

「為什麼？」

「醫藥學上求證不出的東西我不覺得它存在。既然我調配不出，普天之下的庸醫也無人能做到，那麼它就不會存在。」莫名看著我手上的藥湯，監視著我有沒有把它倒到牆角的意圖。

「你不覺得有人會比你厲害？」

「不覺得。」

「我不知道你是這麼自大的人。」

「因為普天之下能不被琦妙毒死的只有我一個。」

經他這麼一提醒，我覺得非常有說服力。

我捧起湯，看著褐色藥汁中自己的倒影。

「如果喝了那個，我不知道會忘記什麼。」

「夫人如果有空糾結那些無聊的詩人情懷，請快點把藥喝了。」

「莫名，你一定很少糾結人生道理吧？」

「人生就是人生，活著，只管過就是，有什麼好糾結。請不要浪費時間，我不會讓夫人把藥倒掉的。」

就某方面來說，莫名實在很了解我。當我正在喝那湯藥時，後面的宮女卻齊聲一喊，我藉機假裝受到驚嚇，噗的一聲把藥噴掉不少，莫名似乎沒有注意到。

「景天太子。」

一早出去的景天太子急匆匆的跑進來，粉白的小臉上滿是擔憂，可能因為跑得過快，一張臉都漲紅了，一進來就迭聲詢問。

「狐狸精怎麼樣了？有沒有很嚴重？」

「夫人她很好。」

「那就好，本王一聽到就連忙過來了，幸好沒事。」

第一次感受到景天太子這麼關心自己，我不禁感動得熱淚盈眶。

景天太子在床邊坐下，很關切的把冰冰的手摸到我頰上來，雖然覺得很冷，但這份關心讓人心都熱了。

「我沒事，謝謝太子殿下。」

景天太子拍了拍胸口，舒了口氣。

「沒事就好，重要的是協議，沒有妳的話該怎麼辦才好，妳要跳水，也要等協議簽完啊！到時候就算想服毒本王也絕對不會阻止妳。」

更正，王室的人都沒良心，尤其是要當王的那個……

「啟稟夫人，太子殿下說一會兒會過來看您。」

「太子不就在這裡了嗎？」我看了看景天太子。他朝我無辜一笑，擺擺手表示他也不懂，黑白分明的大眼說多可愛就有多可愛……

「不是大榮國的太子殿下，而是我國的太子殿下。」

「北蒼國的太子殿下？為什麼突然……之前不是不願意見我嗎？」

「夫人多慮了，那是因為太子殿下政務繁忙，絕對不是因為不願意見您，他一直很關心您的情況，一知道您落水，就匆匆忙忙的從東郊趕回來了。」

景天太子拉了拉我的袖子，問道。

「狐狸精，妳還沒見過北蒼國的太子殿下嗎？」

「沒有，我沒見過。」

「別暈倒了。」他突然老氣橫秋的說著，雙手叉腰站起身來。

「因為本王抬不起妳。」

「北蒼國的太子又不是多可怕，我何必暈倒呢？」正說著，莫名默默的把一杯藥茶放進我的手中。我瞪著茶杯，尖叫起來。

「剛剛不是喝過了嗎？」

「如果太子要過來，夫人剛才喝的分量是不夠的。」

「你也見過了？」

「對。」

「怎麼，全天下只有本夫人沒見過是吧？」

莫名跟景天太子不語，互看了一眼。

老太太我最受不了這種神神秘秘的氣氛，立刻要追問。

「你們……」

「太子殿下日安。」宮女們的齊聲呼喚，打斷我的話。

我倒要仔細看看這北蒼國太子長了什麼三頭六臂。

透過蒸騰的白煙望出去，從門口走進來的人，一身銀白，袖口邊滾著北蒼國特有的麒麟花紋。

在北蒼國，唯有王室人可以在衣裳上做麒麟的裝飾。

我慢慢抬起頭往那人的臉上看去，深深吸了一口氣後，覺得心跳忽然加速。

其實我早就知道了，也略猜到一二，只是沒想到他的身分——竟會如此高。

烏光粼粼的眼，俊雅的臉龐，卻有著完全不一樣的神情。

那張臉像極了楚瑜，但仔細一看又有些不同，假使經過一點易容，他看起來絕對跟真的楚瑜別無二致。

我閉上眼，又睜開眼，忽然明白莫名給我另一杯藥茶的用處，我一飲而盡，心跳緩和不少，可惜燙到舌頭。

他站在門口看著我。

北蒼國的王族服飾很適合他，貴氣逼人，之前怎麼沒看出來，他竟然是王家血脈；只是他的臉上有絲說不出的緊張，似乎正在窺探我的反應。

對於一個已知的事實，人是不會有多吃驚的。我看了莫名跟景天太子一眼，他們也正盯著我，似乎我的反應讓他們很訝異。

我下床行禮，四肢無力，差點不穩的摔坐在地上。

「北蒼國的太子殿下，楚瀅瀅有禮。太子殿下萬福。」

是的，就是這個人，在過去幾個月，他一直以我的丈夫身分，待在我身邊。

夢醒了。

關於楚瑜回來的那個夢，在這一瞬間，終於徹底的醒了。

《小媽之娘親來搶親》完

敬請期待更精彩的小媽系列之四

新書預告
晉江大神
耳雅
全新歡樂愛情喜劇
曉風書院的八卦事
Novel 耳雅
Illust jond-D
毒舌又愛八卦的小夫子 對上 皇朝最惡名昭彰的大將軍
小女子的馴化大貓計畫展開！
禮樂射
古六藝
爾男子
玉蜀黍
君不舉
當自盡！
雙書合購
上下冊不分售
收錄
甜蜜全新番外
典藏閣
華文聯合出版平台
www.book4u.com.tw
采舍國際
www.silkbook.com
不思議工作室_
立即搜尋
版權所有© Copyright 2013

夏澤川 著
MO子 繪
少女騎士の薔薇殿下
8 7
妳、就是我的專屬騎士
上金石堂網路書店購買，加贈少女騎士Q版票夾！
數量有限 送完為止
為了尋找哥哥，夏憐歌進入薔薇帝國學院。
沒想到一個失足，
她竟成了「自戀狂儲君」彼方·蘭薩特的「專屬騎士」！
蘭薩特閣下專屬的騎士＝任憑差遣（到死為止）
雜草兄控少女
Plues
自戀無上儲君
—校園花樣青春即將閃耀「kira～☆」一聲展開!?
華文聯合出版平台 www.book4u.com.tw
不思議工作室_
立即搜尋
典藏閣
采舍國際 www.silkbook.com
版權所有© Copyright 20

Rebellion of Start-online I
禍亂
創世紀
第一部
KIRA★
起點女生網　最逆天的網遊小說
「重生」，就是最大的外掛！
天然無口系大神　抖S屬性小惡魔
當前世冤家再度相聚，是愛情禁止，還是戀愛洗牌？
迴旋的人生，禍亂的可不僅僅只有遊戲吶！(ゝ∀･)⌒☆
第一部1-6集全國各大書店網路書店好評販售中
典藏閣
華文聯合出版平台
www.book4u.com.tw
采舍國際
www.silkbook.com
不思議工作室
立即搜尋
版權所有© Copyright 2013

飛小說
2013典藏
原創小說
天穿醫說
圓不破
Welkin
一個穿越，她從平凡的幼稚園老師，
變成大雍王朝的天才神醫。
天醫準則
梅花神針在手，可救痼疾久病者；
雙手紅痣在握，可醫白骨活死人。
但她——統統都不會！
炮灰女配+野人少年
看她如何馴獸、踏上天醫一途！
全套七集，全省各大書店、租書店、網路書店持續熱賣中！
典藏閣
華文聯合出版平台
www.book4u.com.tw
采舍國際
www.silkbook.com
不思議工作室_
立即搜尋
版權所有© Copyright 2013

飛小說系列073

小媽系列03

小媽之娘親來搶親

出版者■典藏閣
作　者■夢空　繪　者■IKU
總編輯■歐綾纖
製作團隊■不思議工作室
郵撥帳號■50017206采舍國際有限公司（郵撥購買，請另付一成郵資）
台灣出版中心■新北市中和區中山路2段366巷10號10樓
電　話■(02)2248-7896　傳　真■(02)2248-7758
物流中心■新北市中和區中山路2段366巷10號3樓
電　話■(02)8245-8786　傳　真■(02)8245-8718
ISBN■978-986-271-399-0
出版日期■2013年11月／2015年7月二刷
全球華文國際市場總代理／采舍國際
地　址■新北市中和區中山路2段366巷10號3樓
電　話■(02)8245-8786　傳　真■(02)8245-8718
新絲路網路書店
地　址■新北市中和區中山路2段366巷10號10樓
網　址■www.silkbook.com
電　話■(02)8245-9896
傳　真■(02)8245-8819

☞您在什麼地方購買本書？☜

1. 便利商店（＿＿＿＿市／縣）：☐7-11　☐全家　☐萊爾富　☐其他＿＿＿＿＿＿

2. 網路書店：☐新絲路　☐博客來　☐金石堂　☐其他＿＿＿＿＿＿

3. 書店（＿＿＿＿市／縣）：☐金石堂　☐誠品　☐安利美特animate　☐其他＿＿＿＿

姓名：＿＿＿＿＿地址：＿＿＿＿＿＿＿＿＿＿＿＿＿＿＿＿＿＿＿＿

聯絡電話：＿＿＿＿＿＿＿　電子郵箱：＿＿＿＿＿＿＿＿＿＿＿＿＿＿

您的性別：☐男　☐女　　您的生日：西元＿＿＿＿年＿＿＿＿月＿＿＿＿日

（請務必填妥基本資料，以利贈品寄送）

您的職業：☐上班族　☐學生　☐服務業　☐軍警公教　☐資訊業　☐娛樂相關產業
☐自由業　☐其他＿＿＿＿＿＿

您的學歷：☐高中（含高中以下）　☐專科、大學　☐研究所以上

☞購買前☜

您從何處得知本書：☐逛書店　☐網路廣告（網站：＿＿＿＿＿＿＿）　☐親友介紹
（可複選）　☐出版書訊　☐銷售人員推薦　☐其他＿＿＿＿＿＿＿＿＿

本書吸引您的原因：☐書名很好　☐封面精美　☐書腰文字　☐封底文字　☐欣賞作家
（可複選）　☐喜歡畫家　☐價格合理　☐題材有趣　☐廣告印象深刻
☐其他＿＿＿＿＿＿＿＿

☞購買後☜

您滿意的部份：☐書名　☐封面　☐故事內容　☐版面編排　☐價格　☐贈品
（可複選）　☐其他

不滿意的部份：☐書名　☐封面　☐故事內容　☐版面編排　☐價格　☐贈品
（可複選）　☐其他

您對本書以及典藏閣的建議＿＿＿＿＿＿＿＿＿＿＿＿＿＿＿＿＿＿＿＿＿＿

＿＿＿＿＿＿＿＿＿＿＿＿＿＿＿＿＿＿＿＿＿＿＿＿＿＿＿＿＿＿＿＿＿

＿＿＿＿＿＿＿＿＿＿＿＿＿＿＿＿＿＿＿＿＿＿＿＿＿＿＿＿＿＿＿＿＿

✌未來您是否願意收到相關書訊？☐是　☐否

✎感謝您寶貴的意見✎

印刷品

請貼
3.5元
郵票

235 新北市中和區中山路二段366巷10號10樓

華文網出版集團　收

（典藏閣－不思議工作室）

卷三

小媽之娘親來搶親

夢空——著
IKU——繪